Présence culturelle roumaine dans le Sud-Ouest
français aux XIXe et XXe siècles

PRESENCE CULTURELLE ROUMAINE

DU MEME AUTEUR

ALESSANDRA, NADEJDA, SABRINA
Nouvelles (BoD, 2012)

MOBILITES
Aspects anthropologiques. Camus, Céline, T. Gautier (BoD, 2013)

POUR ELLE
Poèmes et autres textes (BoD, 2015)

A VENIR

PREZENȚA CULTURALĂ ROMÂNEASCĂ ÎN SUD-VESTUL FRANȚEI
Biographies

LE RISQUE CREATIF
Essai sur la créativité individuelle

Illustration de couverture : Iarna în România. Cristiana Chirea

DANS LE SUD-OUEST FRANCAIS

Jean-Luc Netter

PRESENCE CULTURELLE ROUMAINE DANS LE SUD-OUEST FRANCAIS
aux XIXe et XXe siècles
-Art et littérature-

BoD

PRESENCE CULTURELLE ROUMAINE

DANS LE SUD-OUEST FRANCAIS

AVANT PROPOS

PRESENCE CULTURELLE ROUMAINE

La France restait, pour les intellectuels et les artistes roumains, une destination phare à la fin du XIXe siècle et durant la première moitié du XXe. La langue française, durant cette période, était très souvent utilisée en Roumanie et une passion pour la civilisation et la culture du pays des Lumières se développait, notamment au sein de l'élite politique et des grandes universités. Le français représentait l'outil privilégié pour accéder à la modernité de l'Occident. Il symbolisait la liberté, l'appartenance à l'Europe des nations libres.

Un lien fort existait entre les deux pays et l'attirance du peuple roumain pour la France était incontestable. Dans les écoles élémentaires et secondaires, le français était la première langue étrangère enseignée. A Bucarest, l'architecture urbaine se révélait proche de celle des beaux quartiers parisiens et entre les deux guerres, on surnommait la ville roumaine le *Petit Paris*. Ainsi, environnement et mode de vie s'inspiraient-ils de la capitale française. Les valeurs sociétales, culturelles parisiennes étaient reconnues et admirées par une partie de la population bucarestoise, notamment la bourgeoisie ainsi que par les Politiques et les Intellectuels.

Aux confins de l'Europe, l'espace territorial roumain, enclavé entre quatre nations dont trois[1] utilisent une langue slave et un alphabet cyrillique, a toujours constitué un monde à part, sur le plan linguistique. En effet, la langue roumaine s'est structurée à partir du latin. Ainsi, l'Italie, proche au niveau de la langue et de sa situation, aurait pu devenir *la* destination des Roumains. Mais, ce fut la France, avec l'atmosphère fascinante de la Ville Lumière, qui attira davantage les voyageurs. De nombreux foyers intellectuels se formèrent dans

1. La Bulgarie, la Serbie et l'Ukraine (auparavant Yougoslavie et URSS)

DANS LE SUD-OUEST FRANCAIS

Paris, constitués d'étrangers (Roumains mais aussi Italiens, Russes, Espagnols, Allemands) ayant quitté le pays natal pour venir fréquenter ces lieux singuliers, côtoyer ceux et celles qui alimentaient le bouillonnement palpable et attirant de la capitale.

Constantin Brancusi (figure emblématique de la sculpture au XXe siècle), Eugène Ionesco, Emil Cioran, Panaït Istrati (écrivain surnommé *le Gorki des Balkans)*, Victor Brauner (peintre, dadaïste puis surréaliste), Jacques Hérold (sculpteur, graveur) et bien d'autres encore rejoignirent ainsi la France et surtout Paris. La province fut moins concernée par l'arrivée de ces voyageurs roumains. Cependant, leur présence attestée dans certaines régions (notamment le Sud-Ouest) permit à la Roumanie d'être représentée culturellement, artistiquement par des personnalités remarquables pour leur authentique engagement, tout en contribuant à l'enrichissement culturel local.

Cette étude biographique porte sur deux artistes nés en Roumanie et une femme de lettres française, mariée à un Roumain issu d'une famille princière. Ils ont tous trois un lien spécifique avec le Sud-Ouest, ce qui justifie l'intérêt de ce regroupement.

L'ouvrage débute avec Nicolae Grigorescu (1838-1907), peintre prestigieux, inspiré par le réalisme, l'impressionnisme. Certaines de ses œuvres sont exposées en permanence au Musée des Beaux Arts d'Agen. L'étude se poursuit avec Tristan Tzara (1896-1963), fondateur du mouvement littéraire et artistique, *Dada.* Il séjourna comme résistant dans le Lot durant la Seconde Guerre mondiale puis devint par la suite très actif à Toulouse, en 1944. La dernière partie de l'ouvrage évoque la vie d'Aurélie Soubiran-Ghica (1820-1904), épouse du *Prince* roumain Grigore Ghica. Veuve à 38 ans, elle s'installa dans le Gers, à Lectoure, durant quatre décennies, cultivant inlassablement le souvenir d'un passé biculturel heureux.

La publication de cet opuscule permet ainsi de rendre compte d'un apport singulier de la culture roumaine au sein des régions Nouvelle-Aquitaine et Occitanie, notamment dans les départements du Lot-et-Garonne, du Lot, de la Haute-Garonne et du Gers.

Natif de ce dernier terroir, je me suis tout naturellement orienté vers la connaissance des différents patrimoines gersois. Pour autant, les territoires périphériques ne m'ont jamais laissé indifférent, d'autant plus que les offres culturelles qu'ils proposent s'avèrent bien souvent diversifiées et très intéressantes. Ainsi, deux expositions m'ont tout particulièrement ému lors de ces dernières années : la rétrospective de l'œuvre du peintre roumain Grigorescu, organisée par le Musée des Beaux-arts d'Agen à l'église des Jacobins en 2006 et l'exposition *« Dévider le réel »* au Musée des Abattoirs de Toulouse en 2015, retraçant partiellement la trajectoire de l'écrivain roumain T. Tzara (le mouvement *Dada* a célébré en 2016, son centième anniversaire). Mais le projet d'écriture de cet ouvrage est né à la suite de la lecture d'un article, publié en 1967 dans le bulletin de la *Société Archéologique du Gers,* concernant A. Soubiran-Ghica (écrivaine d'origine gersoise et roumaine d'adoption) et d'une étude - rédigée en 2000 par une enseignante de l'université de Bucarest. Ainsi, il me parut intéressant de réunir, dans une même publication, ces trois personnalités originales, liées à la Roumanie et par là même de promouvoir un pays discret et souvent méconnu sur les plans artistique et littéraire.

Un lien naturel

PRESENCE CULTURELLE ROUMAINE

Enoncer ce qui permit l'établissement de liens authentiques, entre la France et la Roumanie, s'impose préalablement. Quels ont été les éléments, les événements qui ont su créer des relations proches, des échanges pertinents entre les deux nations, tant du point de vue linguistique, artistique, culturel que politique ? La langue, tout d'abord. Îlot latin dans un océan slave, la Roumanie ne pouvait que se diriger vers des contrées linguistiquement similaires. Ainsi, les intellectuels roumains (dès que la possibilité de se déplacer fut réelle), peu à peu se rapprochèrent de la France. Le roumain, avec le portugais, est l'une des langues latines ayant conservé le plus de points communs avec la langue des romains. Dans sa prononciation, la langue roumaine est proche de l'espagnol et de l'italien[2]. Les trois quarts de son vocabulaire proviennent du latin. Cependant, un substrat de langue balkanique reste bien présent. Le français représente douze pour cent du lexique roumain non directement issu du latin. Quant aux expressions populaires communes aux deux langues, elles proviennent essentiellement de la langue latine.

2. En Roumanie, au milieu du XIXe siècle, on est passé graduellement de l'alphabet cyrillique à l'alphabet latin.

DANS LE SUD-OUEST FRANCAIS

Voici une anecdote, surprenante, incroyable mais véridique et pleine d'humour, racontée par Nicolae Dabija, écrivain moldave né en mars 1948, historien de la littérature, traducteur en roumain des œuvres de Federico Garcia Lorca : « un Moldave, voulant échapper aux déportations, trouva refuge dans les montagnes, à l'autre bout de l'Union soviétique - au Tadjikistan - au sein d'un village de la région du Haut-Badakhchan. Dans une école perdue du Pamir, située dans un hameau très isolé, il enseigna « le français » pendant presque cinq décennies.

Peu de gens se rendaient sur les lieux. Dans la pleine période de restructuration soviétique, un habitant du hameau décida de poursuivre ses études, en vue d'occuper un emploi. Mais pour s'inscrire auprès de l'établissement choisi, il lui fallait préalablement passer un examen d'admission, en français. A l'issue de l'épreuve, les membres de la commission d'examen furent stupéfaits. Personne n'avait compris un mot (ou presque) prononcé par le candidat qui fut surpris que le jury puisse lui attribuer une mauvaise appréciation. Cet ancien élève du hameau avait été le meilleur dans son école et surtout dans la discipline. La commission, immédiatement, informa le ministère de l'Education du Tadjikistan.

Sans tarder, deux inspecteurs furent envoyés dans le hameau pour comprendre pourquoi le français enseigné ici était incompréhensible pour le jury composé de spécialistes. Sur place, ils découvrirent avec stupeur qu'au lieu du français, pendant plus de quarante ans, le Moldave réfugié avait enseigné à plusieurs générations d'élèves tadjiks...la langue roumaine. On contacta le vieux professeur qui reconnut sans hésitation qu'il ne connaissait pas d'autres langues. Finalement, la commission accepta ses arguments : le roumain est aussi une langue étrangère, il a des racines latines, tout comme le français et on le parle dans plusieurs pays du monde, etc.

On lui permit de continuer à enseigner, jusqu'à ce qu'un véritable professeur de français puisse venir dans le hameau, mais à la condition de ne plus appeler la langue qu'il enseigne « le français » et d'utiliser son vrai nom « le roumain ». Cette école devint l'unique établissement au Tadjikistan où le roumain figurait dans la rubrique « langue étrangère » des registres scolaires. Plusieurs parents, inquiets pour leurs enfants, se demandaient à quoi pouvait servir l'apprentissage de cette langue...

Un jour, ils apprirent que le ministère avait décidé

de leur envoyer un autre professeur de français. Tous les villageois expédièrent aussitôt une lettre de protestation à Douchanbé, capitale du pays. Ils demandèrent qu'on laisse leur professeur travailler, car ils ne souhaitaient pas finalement que leurs enfants apprennent une « autre langue française ». Ils soulignèrent qu'ils maîtrisaient eux-mêmes suffisamment bien la langue qu'il leur avait enseignée pour pouvoir à présent aider leurs enfants à faire leurs devoirs. Ils ne pourraient pas le faire, si les élèves commençaient à apprendre une autre langue. Ainsi, quelque part, dans le Pamir, dans les plus hautes montagnes d'Asie, au sein d'un petit hameau perdu parmi les rochers, on parle le...roumain ! Et toute la population admire la beauté de la belle langue ....française !

La diffusion du français en Roumanie remonte au XVIIIe siècle, alors que les principautés roumaines de Valachie et de Moldavie (unies, elles formeront la Roumanie, en 1859) se trouvaient encore sous domination ottomane. Les fils des grandes familles roumaines, qui venaient faire leurs études à Paris, contribuèrent à cette propagation.

L'intérêt des Roumains pour la France et sa langue se manifesta durant la période où les Princes phanariotes[3] administraient l'Empire ottoman et les deux principautés. Dans les "Académies" instituées par ces Princes, l'enseignement était dispensé en grec, à partir de manuels français traduits. Mais à partir de 1771, plusieurs ouvrages devinrent accessibles en roumain notamment les écrits de Voltaire ainsi que *Les aventures de Télémaque* de Fénelon. Après la réforme de l'enseignement entreprise en Valachie par le Prince Alexandru Ipsilanti en 1776, le français devint une matière obligatoire au programme de l'Ecole Supérieure de Bucarest. Les archives attestent qu'on lisait en grande majorité des journaux français à la fin du XVIIIe siècle.

Les secrétaires des princes régnants de Moldavie et de Valachie étaient de véritables connaisseurs de la langue française. Parfois même, ils étaient Français. Ainsi, Pierre De La Roche fut secrétaire pour les Affaires étrangères du Prince moldave Ioan Callimaki en 1758, mais aussi précepteur auprès de ses enfants. Le comte de Hauterive, auteur du *"Mémoire sur l'état de la Moldavie,* en 1787*,* devint également secrétaire du Prince Ipsilanti.

3. Membres des riches familles vivant dans le quartier du Phanar à Constantinople. Ils exerçaient des fonctions importantes dans l'administration ottomane (XVIIe et XVIIIe siècles).

Le premier consulat de France fut créé à Bucarest en 1795, à la fin de la guerre russo-turque, dirigé par le député Emile Gaudin. L'année suivante, un deuxième consulat ouvrit ses portes dans la ville de Iasi. Au-delà de son activité économique et commerciale, il devint rapidement un foyer de diffusion des idées de la Révolution française qui avaient commencé à faire des adeptes dans les principautés roumaines.

Actuellement, environ 3 millions de personnes, soit 15 pour cent de la population, sont francophones. Elles vivent prioritairement dans les grands centres urbains, à l'Est (Iasi, Galati/Suceava) et au Sud (Bucarest/Craiova/Pitesti, Buzau)[4].

Des Roumains à Paris

Au XIXe siècle, de nombreux étudiants roumains poursuivaient leurs études à Paris. Ils s'emparaient certes de précieuses connaissances mais également d'idées modernes, liées au renouveau politique et social. En 1846, ils fondèrent, dans le Quartier latin, la *Société des étudiants roumains de Paris*, dont le

4. Selon l'ambassade de France à Bucarest. 2016

président élu, Ion Ghica – écrivain - deviendra Premier ministre en 1866. Parmi ses membres figuraient Dimitrie Bolintineanu, Mihaïl Kogalniceanu (historien, homme politique), Nicolae Balcescu (écrivain, historien, futur ministre des Affaires extérieures), figures de proue de l'important mouvement révolutionnaire de 1848 dans les principautés. A. de Lamartine (Homme de lettres, député, ministre des Affaires étrangères en 1848) accepta d'en être le président d'honneur.

Après l'union de la Moldavie et de la Valachie, en 1859, fortement soutenue par la France, le poète et homme politique Vasile Alecsandri - envoyé par le prince Ioan Cuza - se rendit à Paris et fut reçu par Napoléon III. Une voie officielle s'ouvrit pour de nouvelles relations diplomatiques entre la Roumanie et la France, établies au niveau de légation, le 20 février 1880. Mihaïl Kogalniceanu, ancien Premier ministre sera le premier *ministre plénipotentiaire* de Roumanie à Paris.

Bon nombre de voyageurs roumains, notamment les fils des grands boyards[5] visitèrent la France, durant ce siècle. Ils s'imprégnaient sur place d'éléments de culture, de politique pour ensuite les

5. Aristocrate des pays orthodoxes

diffuser en Roumanie, dès leur retour. Cette contribution à la diffusion des idées françaises dans le monde roumain fut une troisième tentative après celle des Phanariotes et des consulats français. "De ces navettes entre Paris et Bucarest est née l'indépendance roumaine", écrira Paul Morand, un siècle plus tard.

Culture française en Roumanie

Dès le début du XIXe siècle, les cabinets de lecture de Bucarest et de Iasi[6] offrirent à leurs adhérents la possibilité de consulter de nombreux livres français. Par ailleurs, en 1838, Jean A. Vaillant, professeur au Collège de Saint Sava, à Bucarest, rédigea le premier dictionnaire franco-roumain. En 1840, un second ouvrage parut, écrit cette fois par un Roumain, Petrache Poenaru. Par la suite, trois autres dictionnaires franco-roumains furent publiés, à partir de 1862. A Iasi, mais également à Bucarest, des compagnies théâtrales parisiennes proposèrent des représentations de leurs spectacles en français.

---

6. Capitale de la principauté de Moldavie.

Dans les écoles, la langue française s'imposait de plus en plus. Appelé pour l'enseigner auprès des enfants du boyard[7] Radu Slatineanu - fondateur du *Journal de Bucarest (1870-1876)-,* Ulysse de Marsillac (journaliste français, installé à Bucarest en 1852) fut nommé à l'université des Lettres de Bucarest, dans le Département de langue française. Tout fut entrepris pour introduire et répandre l'usage du français considéré comme vecteur culturel par excellence. A l'instar des fils de grandes familles, de nombreux intellectuels partirent étudier à Paris. Et dès leur retour, ils continuèrent pendant des années, à entretenir sur place, des liens privilégiés avec la culture française.

Ainsi, en amont de la période actuelle, des relations privilégiées s'étaient tissées entre les deux nations. De nombreux expatriés s'étaient établis à Paris mais aussi sur le territoire roumain. « Une âme française peu à peu s'installait aux portes de la mer Noire, de même qu'une âme roumaine investissait Paris et les territoires provinciaux ».[8]

Si les Roumains étaient à peine dix dans la capitale

7. Noble de haut rang.

8. Densusianu, Ovide. L'âme roumaine et l'âme française. Ed. Leroux. Paris. 1919

française en 1830, cinquante en 1840, ils formaient " un grand groupe après 1848 " (Stanislas Bellanger *Les étrangers à Paris*). Nicolae Balcescu, Dimitrie Bolintineanu, Constantin Alexandru Rosetti (ministre, président de la Chambre des Députés) suivaient l'enseignement de Jules Michelet, au prestigieux Collège de France. Ion Heliade Radulescu (poète et homme politique humaniste), Vasile Alecsandri, Ioan Voinescu et les jeunes étudiants de *Junimea româna* [9] à Iasi tout comme Alexandru Odobescu (écrivain, créateur de l'école archéologique roumaine) avaient également quitté provisoirement la Roumanie pour se fondre dans l'enivrante atmosphère parisienne de la seconde moitié du XIXe siècle.

9. Mouvement culturel, courant littéraire de premier ordre, très influent.

PRESENCE CULTURELLE ROUMAINE

DANS LE SUD-OUEST FRANCAIS

NICOLAE GRIGORESCU

PRESENCE CULTURELLE ROUMAINE

Le nom de Nicolae Grigorescu (Grigoresco) fut un véritable symbole pour la jeune génération d'artistes roumains issue des premières décennies du XIXe siècle. Elle voulut s'identifier à l'œuvre du peintre. Notamment au niveau de l'expression de la lumière qui mettait en valeur la spiritualité roumaine. De nos jours, Grigorescu reste encore considéré dans son pays non seulement comme l'artiste le plus important mais aussi comme le chef de file de l'art moderne. Il est devenu le peintre roumain dont l'œuvre s'est très vite associée à l'idée d'identité nationale.

Issu d'une modeste famille d'origine paysanne, il

était le sixième enfant de Ion et Ruxandra Grigorescu. Né le 15 mai 1838, dans le village de Pitaru en Roumanie, au nord-ouest de Bucarest, son père travaillait pour des aristocrates et des collectionneurs d'art. Sa mort prématurée en 1843 eut des conséquences désastreuses sur les conditions matérielles de la famille. La mère, couturière à la maison, dut éduquer seule ses enfants.

Peintre d'icônes

A dix ans, Grigorescu devint apprenti chez un peintre d'icônes célèbre en Valachie[1], Anton Chaldek (1794-1882). Par son intermédiaire, le jeune adolescent eut accès à la peinture religieuse, baroque, sans devoir renoncer aux influences néoclassiques qu'il avait assimilées. Quelques mois plus tard, il décida de quitter l'atelier pour se consacrer à la confection de petites icônes. Son but restait la vente de ses productions, afin de pouvoir vivre. Ses talents créatifs étaient déjà remarquables. Bientôt, ils allaient lui permettre de se diriger vers d'autres projets, plus ambitieux.

---

1. Ancienne principauté danubienne qui formera avec la Moldavie, la Roumanie en 1859, suite de la guerre de Crimée soldée par le traité de Paris, en 1856.

DANS LE SUD-OUEST FRANCAIS

Avant son premier départ pour la France, il avait souhaité exécuter des fresques religieuses ainsi que de grandes icônes. Un petit groupe de peintres ayant les mêmes désirs que lui s'était constitué et s'activait sur des projets individuels. Grigorescu possédait un vieux livre qui lui fournissait les recettes du Mont Athos [2] pour la préparation des couleurs ainsi que des informations sur la vie et les traits particuliers de chaque saint. « Pour le reste, chacun travaillait à sa manière » [3]. Il fallait sans cesse s'aventurer mais Grigorescu était un créateur acharné et résolument perfectionniste. Grâce à une rencontre importante, il obtint en 1858 un contrat capital : la réalisation d'un ensemble pictural religieux, au sein du monastère d'Agapia (en Bucovine, au nord de la Roumanie). Dans le mois qui suivit l'achèvement de ces prestigieux travaux confiés au peintre par l'abbesse du monastère, Tavefta Ursache, il reçut en récompense une bourse d'études pour suivre les cours de l'école des Beaux-arts, à Paris, durant cinq ans à partir du 1er octobre 1861.

Avant de quitter la Roumanie, il se dirigea à nouveau vers une autre voie picturale. La nature l'avait toujours passionné. Il entreprit la réalisation

2. Foyer spirituel orthodoxe grec.
3. Extrait. Alexandru Vlahuta, Pictorul N.Grigorescu, Bucarest, 1910

de plusieurs grandes toiles représentant des paysages locaux avec une ambiance familière, paysanne au premier plan.

Après Paris, Barbizon

Au terme de la première année d'études à Paris, il abandonna l'enseignement académique et partit en direction de *Barbizon*, village de peintres au cœur de la forêt de Fontainebleau, proche de la capitale. C'est ici qu'il rencontra ceux qui allèrent marquer définitivement sa conception et sa vision picturales. Ce fut donc la fin de sa période classique. Au contact des maîtres de l'*Ecole*, il allégea peu à peu sa palette et opta pour une touche abrégée, synthétique, avec de larges coups de brosse visibles. Il affirmait déjà sa prédilection pour des thèmes réalistes, construits et à la fois spontanés.

En 1863, il effectua son premier séjour dans ce lieu qui n'était encore qu'un hameau. Il y reviendra jusqu'en 1870. De nombreux artistes en pleine maturité, avec un style et une technique bien établis, étaient déjà présents avant son arrivée. Grigorescu les fréquenta. Le travail en plein air, l'étude attentive de la lumière, l'interprétation réaliste - en lien avec les observations directes - développaient le ressenti, l'état émotionnel profond du peintre. Ici, le paysage restait le thème commun.

L'artiste se sentait très proche de J.F. Millet, humainement et artistiquement. Les thématiques directement inspirées de la communion de l'homme avec la nature étaient communes aux deux artistes. L'influence de Millet se retrouvait dans les toiles du Roumain, notamment dans l'emploi de la technique du contre jour. Quant à celle de Gustave Courbet, elle se faisait plus discrète. Néanmoins, Grigorescu considérait ce chef de file du courant réaliste comme un modèle, comme un maître.

Mais ce fut sa rencontre avec Gheorghe Bellu, parisien d'adoption, médecin, collectionneur d'art et mécène des impressionnistes (notamment de Claude Monet), qui resta déterminante pour son inspiration. Grâce à son compatriote, Grigorescu fit par la suite, la connaissance de plusieurs artistes éminents. Peu à peu, en les côtoyant, sa peinture commença à se transformer. Sa gamme de couleurs s'enrichit et lui permit un apport supplémentaire de luminosité sur la toile. Son goût pour la paysannerie et le réalisme direct s'amplifiait jour après jour, au contact des artistes naturalistes.

PRESENCE CULTURELLE ROUMAINE

Napoléon III et son intérêt pour la Roumanie

Le rayonnement culturel de la France en Roumanie, amorcé à partir de 1820 et touchant surtout les classes privilégiées, se propageait jour après jour. Les premiers fils des familles partirent étudier à Paris, notamment au lycée Louis le Grand. Sur le plan politique, rien ne prédisposait l'empereur Napoléon III à s'intéresser tout particulièrement à la Roumanie. Suite à la guerre de Crimée (1853-56), la France avait organisé des réunions pour définir la Paix. L'empereur voulut se faire le champion des peuples opprimés et jouer en Europe le rôle d'arbitre pour établir un système de paix générale. « Pour parvenir à son but, Napoléon III comptait employer deux moyens : les congrès internationaux pour dénouer toute crise dès son apparition et la consultation des populations concernées par voie de plébiscite en appliquant le droit des peuples à disposer d'eux-mêmes ».[4] C'est dans cette optique qu'eût lieu le congrès de Paris de 1856 qui scella l'indépendance, vis à vis de la Russie, de la Moldavie et de la Valachie. « Si l'on me demandait quel intérêt la France avait dans ces contrées

4. Abel Douay. Napoléon III et la Roumanie. Ed. Nouveau monde. Paris. 2009

30

lointaines qu'arrose le Danube, je répondrais que l'intérêt de la France est partout où il y a une cause juste et civilisatrice à faire prévaloir », écrivait l'empereur le 8 février 1860.

Napoléon III voyait en fait, dans les deux principautés roumaines, un possible Etat tampon permettant, dans un souci de bon équilibre de l'Europe, de limiter les vues expansionnistes des trois empires voisins ; il pensait également que ce territoire aux racines latines pouvait se rapprocher naturellement de la France. L'action diplomatique de la France était en marche. La Convention de Paris de 1858 permit l'association des deux principautés danubiennes. L'année suivante, l'élection du même prince (le francophile Alexandru Ioan Cuza) à la tête des deux territoires entérina *de facto* la création d'un État roumain qui ne sera cependant officialisée qu'en 1880.

Des liens politiques mais également artistiques se tissaient intensément, petit à petit, entre Paris et la Roumanie. En France, on appréciait les artistes roumains, notamment au sein des publics avertis. Napoléon III, passionné d'histoire et d'archéologie ne présentait pas un goût particulier pour la peinture. Néanmoins, lors d'une exposition collective d'artistes, en juin 1868, à l'hôtel Siron de Barbizon, il acheta une sculpture et plusieurs tableaux. L'un d'entre eux, une huile sur toile intitulée *Vase aux fleurs de pommier* était signé de la main de l'artiste roumain, Nicolae Grigorescu.

Reconnaissance en Roumanie

Après deux années de prolongation de sa bourse et une participation au Salon parisien, l'artiste roumain retourna dans son pays, en mai 1869, où il gagna peu à peu l'admiration du public et des intellectuels. En 1870, à Bucarest, l'une de ses toiles lui valut une médaille de première classe. Theodor Aman, directeur de l'*Ecole des Beaux Arts*, remarqua et souligna l'influence de l'école française dans ses tableaux, lors du discours de remise de prix. Par ailleurs, il précisa que le roi de Roumanie, Carol Ier, lui accorderait prochainement une bourse, sur ses propres fonds, afin que le peintre puisse poursuivre des études à l'étranger. Reconnu, Grigorescu exposait dans de nombreux lieux de la capitale roumaine, notamment dans les locaux de la *Société des amis des Beaux Arts* (144 œuvres y furent présentées en 1871 dont la plupart avaient été réalisées à Barbizon), dans les salons de l'Exposition des artistes vivants ainsi que dans plusieurs vitrines de grands magasins bucarestois.

Theodor Aman

De 1879 à 1890, Grigorescu partagea à nouveau sa vie d'artiste entre la France et la Roumanie. Il passait la majeure partie de son temps à Paris. Cependant, il se rendait souvent en Bretagne, à Vitré (Ille-et-Vilaine) pour peindre en extérieur. Lors de la précédente décennie (1861-1869) durant laquelle il avait partagé sa vie entre la capitale et Barbizon, une école roumaine de peinture s'était constituée, composée de quelques jeunes artistes formés en France, dont Theodor Aman (1821-1891). Roumain d'origine arménienne, il avait été l'élève de Constantin Lecca (professeur de dessin et de calligraphie à Craiova, ville où étudia le sculpteur Constantin Brâncusi, de 1894 à 1898) puis de François-Edouard Picot à Paris (1850-51). Il avait fréquenté en 1856 les artistes de l'école de Barbizon. Rentré de France en 1858, Aman entreprit à Bucarest, des démarches pour fonder une école des beaux-arts, inspirée du modèle français. L'établissement, dont le but était de former des

33

artistes capables d'exprimer l'idéal de l'État national (la pays commençait à conquérir son indépendance vis à vis des Turcs en 1877), ouvrit ses portes en 1864, à une époque où Grigorescu se formait à la peinture de plein air, aux côtés de Jean-François Millet, de Corot ou de Courbet. S'inspirant du modèle parisien, Théodor Aman [5] avait également instauré un système d'expositions d'artistes vivants. Grigorescu, lors de son retour à Bucarest en 1869, rejoignit l'organisation afin d'y exposer ses œuvres.

Grigorescu, peintre de la campagne

Grigorescu voyagea à partir de 1873. Il partit pour l'Italie, la Grèce, la Turquie, la Moldavie. Il restait fidèle à son sujet favori, la vie paysanne. A partir de 1879, il se rendit à nouveau souvent en France, où il possédait un atelier. Son geste graphique était proche de celui des Impressionnistes, avec des effets fuyants de lumière, une dissolution du motif dans une atmosphère fluide. Lors de ses différents retours en

---

5. « Théodor Aman est considéré comme le premier grand peintre de la nation roumaine » : Ioana Beldiman, professeur à l'Académie des Beaux-Arts de Bucarest.

Roumanie, il avait exploré une nouvelle source d'inspiration issue de l'ambiance des foires, des marchés, des chemins de campagne parcourus par les chars à bœufs. Ces derniers, chargés de foin, menés par des paysans quittant les champs, devinrent un modèle iconographique récurrent, spécifique du peintre. Il était également passionné par le thème de la jeune bergère, accompagnée de son troupeau de vaches ou de moutons.

La fréquentation de l'école de Barbizon restait toujours perceptible dans ses toiles. Elles étaient dotées d'un très grand réalisme - avec des tonalités impressionnistes, symbolistes - proche de celui d'Henri Fantin-Latour, notamment dans ses œuvres traitant des sujets mythologiques.

Les premiers symptômes. Une nouvelle période artistique.

A Bucarest, Grigorescu organisait des expositions, parallèlement à ses participations en France à des salons - notamment celui qui avait lieu dans la célèbre *salle Martinet* du boulevard des Italiens - et à l'exposition universelle de Paris, en 1889, où il exposa 19 toiles. Mais en 1886, à 48 ans, apparurent brutalement les premiers symptômes d'une maladie oculaire. Ses troubles, attestés par l'artiste lui-même, progressaient rapidement et bientôt commencèrent à influencer sa perception artistique. Un diagnostic de rétinopathie fut posé par le corps médical.

Il continua cependant à voyager. Il se rendait fréquemment en France cependant à partir de 1890, il commença à séjourner davantage en Roumanie, notamment à Câmpina, petite ville située à 90 km de Bucarest. C'est là qu'il fit la rencontre de Maria Danciu qui allait devenir sa compagne, jusqu'à son décès. Auparavant, le peintre avait eu pour muse la soprano Charlotta Leira, rencontrée en 1881, à Constanţa sur le littoral de la mer Noire, lors d'un concert qu'elle avait donné avec le célèbre violoniste viennois Ludwig Wiest. Elle figure sur une toile de Grigorescu, intitulée *Femeie în grădină,* exposée au musée d'art de Constanţa.

En 1902, le peintre exposa à l'Athénée roumain de Bucarest plus de trois cents toiles. Le spectre de sa gamme chromatique s'était fortement réduit. Les tons étaient devenus plus lumineux, plus clairs, presque transparents et s'accompagnaient d'une franche épuration des formes. Les critiques évoquèrent la *période blanche* de son œuvre. « La conséquence la plus certaine de la maladie oculaire de l'artiste fut l'altération de sa vision des couleurs qu'il percevait comme noyées dans une tonalité blanchâtre presque uniforme. La dégénérescence rétinienne le contraignait sûrement à utiliser plus que nécessaire la couleur blanche. ».[6]

Fondateur de la peinture moderne roumaine, Nicolas Grigorescu mourut à Câmpina en juillet 1907, léguant une forte somme au Ministère de l'Instruction publique pour la création de deux bourses d'études de peinture à l'étranger. En 1939, Gheorghe Grigorescu, le seul héritier du peintre, vendit à la Mairie de Câmpina deux cents œuvres (toiles et croquis réalisés à la plume et au crayon) toutes signées de la main du peintre. Elles se trouvent actuellement au *Musée National d'Art* de Bucarest bien que la municipalité de Câmpina ait obtenu, en 2005, le droit de reprendre possession de l'héritage.

Le musée actuel de la ville n'est en fait que la reconstruction de la maison dans laquelle l'artiste a vécu ses dernières années. Celle-ci fut incendiée durant la guerre. Des photos archivées permirent au

6. Dr Philippe Lanthony. Les yeux des peintres. Ed. L'âge d'Homme. 1999

fils du peintre de recréer les lieux dès 1954. Des objets personnels authentiques, des clichés ainsi que quelques toiles y sont actuellement présentés.

L'artiste et le Sud-Ouest

Par quel heureux concours de circonstances la majorité des œuvres de Grigorescu exposées en France est-elle parvenue dans le Sud-Ouest, à Agen, au Musée des Beaux-Arts ?

Cette situation est due à une rencontre puis à une donation. En 1856, naquit à Laroque-Timbaut, petit village situé à 20 km d'Agen (Lot-et-Garonne), Louis Brocq. Issu d'une famille bourgeoise, il était le fils d'un conseiller à la Cour à Agen et le frère cadet d'Henri Brocq, bâtonnier et maire du village. Premier en 1878 au concours d'internat des hôpitaux de Paris, Louis Brocq fit sa carrière de médecin dans la capitale. Il se spécialisa en dermatologie et devint Chef de service à l'hôpital Broca, en 1896 puis à l'hôpital Saint Louis, de 1906 jusqu'en 1921. Sa réputation de dermatologue dépassa les frontières hexagonales grâce à ses nombreuses publications. Plusieurs personnalités politiques de haut rang firent souvent appel à lui pour ses talents de soignant hors pair. Il étudia de nombreuses maladies de peau et mit au point des traitements appropriés. Il fut aussi l'un des fondateurs, en 1889, de la *Société française de dermatologie et de syphiligraphie* et faisait partie de la communauté des dermato-syphiligraphes.

Depuis son adolescence, Brocq avait un goût pour la peinture. Il réalisa quelques toiles et dessins durant les années 1872-1874. Amateur d'art éclairé, il s'était constitué peu à peu une collection d'œuvres réalisées par des artistes contemporains qu'il avait eu l'occasion de rencontrer dans des Salons annuels parisiens. Certains d'entre eux reçurent des soins de sa part, et en contrepartie, des toiles lui furent offertes. D'authentiques liens d'amitiés se tissèrent entre les peintres et le médecin et par la suite, le docteur Brocq devint, au fil des années, un mécène important pour les artistes.

Grigorescu fit la connaissance du médecin en 1880 et devint son patient dès 1884, notamment pour un traitement contre la syphilis. Il se rendit durant vingt ans aux consultations du docteur Brocq. Par ailleurs, il rencontra d'éminents ophtalmologistes qui lui furent recommandés.

La relation entre Brocq et Grigorescu - plus riche

que celle qu'un médecin et son patient entretiennent habituellement - s'était construite à la suite de la rencontre de ces deux fortes personnalités, chacune dans son domaine, unies par des liens à la peinture et par une réciproque et incontestable considération. Louis Brocq dans la liste de sa donation au musée d'Agen joignit cette note : « Grigorescu. 1838-1907. Grand peintre roumain, génial artiste qui a placé la peinture de son pays au rang des plus illustres écoles ». A Paris, le peintre roumain bénéficiait d'ailleurs de l'hospitalité du couple Brocq.

Le chercheur Remus Niculescu (1927-2005), spécialiste de l'œuvre et de la vie de Grigorescu, proposa en 1965 une datation des peintures de l'artiste, données par les Brocq au musée d'Agen. Il établit que les œuvres avaient été réalisées après 1880 en mentionnant que la plupart d'entre elles appartenaient à la *période blanche.* Cette phase tardive de création, dominée par des accords de blancs et de gris colorés ou par de forts contrastes entre des blancs intenses, des gris foncés et des noirs, avait été interprétée par certains spécialistes comme étant un simple effet mécanique lié à la dégradation du nerf optique du peintre.

Les époux Brocq achetaient fréquemment donc des toiles dans divers Salons, se créant ainsi une collection de peintures modernes ainsi que de céramiques. En septembre 1928, trois mois avant sa mort, le médecin contacta le Musée d'Agen. Des toiles du peintre roumain, alors méconnu à l'époque, furent jointes au lot important que le conservateur du Musée, Louis Recours, ramena de Paris. Ainsi, 88 peintures et dessins d'artistes dont 5 Grigorescu, plusieurs céramiques d'André Metthey (artiste qui participa au renouveau de la faïence au début du XXe siècle), 5 sculptures de Gustave Pimienta et 60 ivoires japonais rejoignirent les collections du musée agenais.

Le 18 décembre, le docteur Brocq décéda. La *Revue de l'Agenais* publia l'article suivant : *« Notre compatriote, M. le Docteur Louis Brocq, vient de faire, en son nom et aussi au nom de Madame Louis Brocq, un don vraiment princier au Musée d'Agen. On y trouvera des noms appréciés des milieux artistiques, les Boudin, Daubigny, Isabey, Fromentin, Lebasque, Lebourg, sans parler du peintre roumain Grigorescu ».* Sa femme, Marie Marguerite Connord-Brocq, fit en 1934 une seconde donation au musée. Puis, à sa mort, en 1941, elle légua par testament le restant de ses biens : 42

tableaux dont 12 d'Henri Lebasque (1865-1937) élève de Bonnat, des dessins, des objets d'Extrême Orient et 7 toiles de Grigorescu qu'elle avait gardées précieusement auprès d'elle. Dans la collection figuraient également 26 portraits représentant son époux ou le couple.

Les douze œuvres du médecin conservées au musée d'Agen avaient été choisies par Grigorescu afin qu'elles puissent rester en France, pays qui lui avait offert son identité d'artiste. A celles-ci s'ajouta, en 1988, une treizième : *le Vase au bouquet champêtre*, donnée au musée par Emmanuelle Munteano, en mémoire de son époux, le poète roumain Vasile Munteanu (1897-1972), théoricien, chercheur en littérature comparée, ayant vécu en exil en France, de 1946 à la fin de ses jours.[7] Ainsi, treize œuvres majeures du peintre roumain sont actuellement au musée d'Agen. Trois autres toiles sont exposées en France : au musée Marmottan-Monet à Paris et au Palais des Beaux-Arts, à Lille. C'est au Musée national d'art de Bucarest que l'on trouve les plus grands chefs-d'œuvre de Grigorescu, auteur d'une production impressionnante évaluée à quatre mille toiles.

7. Ioana Beldiman. Cf. (5) page 29.

Les œuvres léguées illustrent ses grands thèmes favoris : le village roumain avec ses gens et ses activités, la religion, la France, le portrait. Mais il fut aussi le peintre de la guerre de l'Indépendance. En effet, Grigorescu a été l'un des reporters artistiques du front entre 1877 et 1878, dans le conflit russo-româno-turc. C'est sur le terrain qu'il exécuta de nombreuses esquisses rapides, des scènes complètes de bataille, des huiles et des portraits de soldats combattant dans les deux camps, roumain et turc. Le tableau le plus remarquable, inspiré de ces événements, s'intitule *Atacul de la Smârdan (1885).* Il est exposé au Musée d'art de Craiova (département de Dolj, au sud de la Roumanie).

Depuis la mort de N. Grigorescu, en 1907, aucune exposition monographique rétrospective ne lui avait été consacrée en France. En 2006, le Musée des Beaux-Arts d'Agen et le Musée départemental de l'Ecole de Barbizon organisèrent l'événement artistique dont l'intitulé fut le suivant : « *Exposition Nicolae Grigorescu (1838-1907) L'itinéraire d'un peintre roumain, de l'Ecole de Barbizon à l'Impressionnisme ».* La majeure partie des œuvres (une cinquantaine) présentées lors de cette exposition, provenait du Musée national d'Art de

Roumanie, à Bucarest. Les 13 toiles, conservées dans les collections du Musée des Beaux-Arts d'Agen et exposées en 2006, étaient restées jusque là presque ignorées en France.

Nicolae Grigorescu, fut l'un des plus grands peintres classiques roumains. D'autres suivirent son chemin, notamment Ion Andreescu[8] et Ştefan Luchian[9], toujours inspirés par l'impressionnisme français. Mais ils restèrent totalement roumains dans leur expression, sans cesse en prise avec la quotidienneté des gens du peuple et la solidarité envers les plus humbles.

8. Sa peinture est très influencée par celle de Grigorescu qu'il rencontra à Barbizon, en 1878, avec cependant une vision plus grave, plus vigoureuse.
9. « Luchian a su rester totalement roumain, en adoptant le ton le plus universel ». J. Lassagne. In *La Roumanie économique et culturelle.* Victor Tufescu. Ed. Droz.

DANS LE SUD-OUEST FRANCAIS

Ressources bibliographiques

-Alexandru Vlahuta. *Pictorul N.Grigorescu.* Bucarest, 1910

-Brezianu Barbu. *"Nicolae Grigorescu".* Ed. Meridiane. Bucureşti, 1987

-Laignel-Lavastine Maxime. *La syphilis dans l'art. Monographie. Nouvelle iconographie de la Salpêtrière.* Paris, 1903

-Oprescu George. *Lettres du Docteur Brocq à Grigorescu de 1892 à 1906.* Paris, 1945

-Collectif. *Nicolae Grigorescu (1838-1907). Itinéraires d'un peintre roumain de l'école de Barbizon.* Éditions Somogy. Paris. 2006

-Cătălina Macovei. *Nicolae Grigorescu.* Parkstone Press. 1999

-Doïna Păuleanu. *Singularité et reconstruction imaginaires.* Musée d'Art. Constanţa. 2010

PRESENCE CULTURELLE ROUMAINE

.

DANS LE SUD-OUEST FRANCAIS

TRISTAN TZARA

PRESENCE CULTURELLE ROUMAINE

DANS LE SUD-OUEST FRANCAIS

Tristan Tzara, de son vrai nom Samuel Rosenstock, vit le jour le 16 avril 1896 à Moinesti en Roumanie, dans une famille juive relativement aisée. Comme ce fut le cas pour les autres personnes recensées, le code pénal en vigueur à l'époque refusa d'accorder la citoyenneté roumaine à la famille. A plusieurs reprises, lors de moments particuliers, il utilisera différents noms d'emprunt, comme pour mieux faire jaillir une nouvelle lumière, faire naître une autre vie. Ainsi, il deviendra S. Samyro, puis Tristan Ruia et enfin Tristan Tzara, en 1915. Tristan, comme le chevalier qui accompagne la princesse irlandaise Isolde dans l'opéra de Wagner et comme le poète maudit T. Corbière, l'auteur des *Amours jaunes.* Et Tzara, comme « pays » (traduction de țară, en roumain). A *Claude* Sernet (né *Ernest Spirt* à Tirgu Ocna), poète d'origine roumaine (1902-1968), qui un jour lui demanda si ce pseudonyme ne voulait pas signifier *triste au pays*, il répondit « peut-être », en souriant.

Tzara aimait les langues et s'amusait avec elles. Il se plaisait à concasser le vocabulaire, à heurter le style, à transformer la sémantique, la syntaxe, à jouer phonétiquement avec les matières linguistique et littéraire. Dès l'adolescence, il se lia à l'Avant garde roumaine. En compagnie de ses amis Ion Vinea (futur poète moderniste) et Marcel Ianco (qui devint peintre après une formation en architecture), il créa la revue de poésie *Simbolul* (Le Symbole) au sein de laquelle furent publiés ses premiers poèmes d'inspiration symboliste signés de son pseudonyme, S. Samyro - anagramme partielle de Samy (Samuel) Rosenstock .

L'exode

Imagination, spiritualité, rêves mais également

violence nourrissaient ses premiers vers. L'eau, les épouvantails ou les pendus, pouvaient y être présents : *«Pan de mur fendu/ Me suis demandé/ Aujourd'hui pourquoi/ Ne s'est pas pendue/ Lia la très blonde/ Avec une corde...»* Rimbaud puis Apollinaire devinrent très vite ses poètes référents. Le jeune roumain, mélancolique, était féru de littérature symboliste et cherchait à se démarquer des autres adolescents. Il s'affirmait en tant que rebelle, anticonformiste.

Nécessairement, il lui fallait quitter le pays, même à l'encontre de l'avis de son père. L'Europe était en flammes. La Suisse devenait le carrefour de tous ceux qui refusaient de mourir au pas cadencé. Dans tous les cafés et dancings, on rêvait de révolution, on refaisait constamment le monde. En 1915, il abandonna ses études de mathématiques et quitta Bucarest pour Zurich, afin de s'inscrire – dans un premier temps – en licence de philosophie et de lettres. Mais son souhait était surtout de rejoindre les pacifistes et les révolutionnaires de toute l'Europe. Dans ce nouveau cadre de vie, son destin semblait soudainement prendre forme : Tzara se voulait poète, dramaturge, critique d'art...

En 1916, Hugo Ball, écrivain et poète allemand, créa le Cabaret Voltaire. Membre d'une association de jeunes artistes, il avait découvert un petit bistrot de la Spiegelstrasse, à Zurich, nommé *la métairie hollandaise.* Il rencontra le patron qui lui permit d'utiliser une des salles désaffectées. Ainsi, le 5 février 1916, le Cabaret Voltaire ouvrit ses portes. Sa vocation ? Devenir un café littéraire et artistique. Tzara prit une part active aux multiples soirées, tout comme Hugo Ball, Hans Arp, Marcel Janco et Sophie Taeuber, plasticienne mariée à Jean Arp. Peu à peu, un mouvement international d'artistes et d'écrivains, né de l'intense dégoût de la guerre émergeait. Ainsi, *Dada* était-il sur le point de naître, en réponse à l'absurdité d'un monde en proie à un conflit qui s'éternisait. Un désir de quitter l'ambiance lourde qui régnait sur le monde de l'époque s'imposait. Tzara, en qualité de co-fondateur du mouvement, allait entrer dans la légende.

Dada

L'origine du mot *dada,* désignant le mouvement et équivalant à *oui, oui* en roumain, serait dû au hasard. « Il a été cueilli fortuitement dans le Petit Larousse.

C'est terriblement simple. En français, cela signifie *cheval de bois* . En allemand : *c'est ça, au revoir, à la prochaine*. En roumain : *oui vraiment, vous avez raison, d'accord, on s'en occupe, etc.* » (Hugo Ball, extrait du Manifeste lu à la première *soirée Dada*, le 14 juillet 1916). Ainsi donc, le dadaïsme aurait pu s'appeler tout autrement.

Dès sa naissance, il se caractérisa par un esprit de révolte, par un renversement, une remise en cause et un rejet des conventions dans les domaines de la politique et des arts. Le mouvement rassemblait essentiellement des artistes qui refusaient de participer au premier conflit mondial. Le goût pour la provocation, le rejet des vieilles valeurs s'affirmaient ainsi dans ce contexte de guerre. Cependant, *Dada* perdit de son ardeur dès le début des années 20. Ses plus grands défenseurs jugèrent qu' « il tournait en rond » et en 1921, une revue belge annonça sans ambages que *Dada* était mort. En fait, ce ne fut qu'en 1925 que le mouvement s'éteignit. La rupture entre le dadaïsme et le surréalisme, l'affrontement entre Tzara et André Breton, lors d'une mémorable soirée de juillet 1923, signèrent brutalement cette disparition.

Rencontre avec André Breton

En 1920, Tzara débarqua à Paris où il fut accueilli « comme le messie par quelques jeunes gens fascinés par le nihilisme *Dada* » (François Buot). Ils étaient arrogants mais talentueux. Ils s'appelaient Louis Aragon, André Breton, Philippe Soupault. Véritable imprésario de lui-même, Tzara balisait le terrain. Avec la caution d'Apollinaire, il multipliait les exploits, les scandales, tout en dynamitant le langage poétique. *Dada* était une ivresse collective et un emballement de la jeunesse avec bagarres, insultes et provocations en tout genre.

Tzara se lia d'amitié avec André Breton. Tous deux introduisirent le mouvement en France. Ils mirent en scène une série de scandales, de provocations qui apportèrent de nombreuses innovations littéraires. Ils imaginèrent des créations singulières, déroutantes pour l'époque, comme la poésie phonétique ou l'écriture automatique, cherchant à remplacer le sens des mots par l'acte poétique de création lui-même. Breton présenta au départ un grand intérêt pour le dadaïsme. Mais le mouvement semblait lui faire du tort et peu à peu, il s'en lassa. C'est dans un climat de violence et de récrimination que « Dada selon

Tzara » céda la place à « Dada selon Breton ». Une scission se créa ainsi entre lui et Tzara, qui conduisit à la publication du *Cœur à barbe : journal transparent*, en 1923. Ce manifeste fut doublé d'une pièce de théâtre *Le Cœur à gaz,* où régnaient l'absurde et le non-sens. Elle fut considérée par plusieurs critiques d'art à la fois comme le point culminant de *Dada* mais aussi comme l'événement signant son arrêt de mort. En fait, il n'y avait déjà plus vraiment d'intérêt, au sein du public, pour le mouvement *Dada,* ni même chez les artistes qui semblaient s'orienter vers d'autres convictions.

Après le sabotage, il fallut donc construire autre chose à nouveau. Le mouvement surréaliste allait prendre le relais. Cependant, Tzara ne se sentit plus concerné. Il s'éloigna peu à peu et s'orienta vers les frivolités du Paris des Années folles. Il épousa en août 1925, une femme riche, l'artiste et poète suédoise Greta Knutson (1899-1983) avec laquelle il eut un fils, Christophe, né en mars 1927. A 30 ans, il épousa Claude Sarraute (journaliste, romancière, comédienne), fille de l'écrivaine Nathalie Sarraute, figure emblématique du Nouveau Roman. Martin, leur fils, devint journaliste, producteur de télévision.

En 1926, Tzara fit construire un hôtel particulier

avenue Junot, sur la Butte Montmartre. Il fit appel à l'architecte viennois Adolf Loos. Le poète, comme la plupart des dadaïstes était désargenté. Lors de son arrivée à Paris, il avait posé ses valises chez Francis Picabia, ce qui lui permit par la suite de vivre avec aisance. Puis, il suivit le pragmatique conseil de Breton pour faire face aux besoins matériels : « épousez ou tombez amoureux de femmes riches ».

Les parents de la jeune suédoise étaient très fortunés. Ils offrirent aux nouveaux mariés une aide financière pour l'achat d'un terrain et la construction d'une maison. A l'époque, ce mariage fit jaser le tout-Paris. Cependant, l'écrivain avait prévenu ses détracteurs en déclarant en 1923 que ses vices étaient « l'amour, l'argent et la poésie ». Cette dernière avait d'ailleurs bien changé depuis les événements. Elle devenait plus lyrique, plus sombre, quasi prophétique mais toujours très influencée par l'écriture poétique de Rimbaud, « surréaliste dans la pratique de la vie et ailleurs », avait écrit André Breton, dans le premier Manifeste.

Ce fut discrètement que Tzara tenta de renouer avec le fondateur du mouvement. Ainsi, en 1931, il rejoignit les surréalistes suite à son rapprochement avec le Parti communiste et devint l'un de ses théoriciens. Mais en 1935, il rompit officiellement son engagement. Il voulait dorénavant se consacrer uniquement à l'action militante. Une amitié naquit entre lui et Louis Aragon qui, en 1936, avait fondé l'organisation *Maison de la Culture* (constituée de l'AEAR[1] et de diverses associations culturelles du Front populaire). Tsara se rapprocha de la revue *Commune,* publication littéraire de l'AEAR en étroite relation avec Parti communiste français. Puis il en devint rapidement un actif collaborateur.

Pendant l'Occupation, il entra dans la Résistance. A nouveau, il fréquenta le Parti. Mais, en tant que poète, il rejetait l'idée d'une poésie au service d'un idéal révolutionnaire. Ainsi, lorsque les Soviétiques envahiront Budapest en novembre 1956, il quittera définitivement cette fois l'organisation politique.

La Roumanie et le surréalisme

Le premier *Manifeste du surréalisme,* publié à Paris par André Breton en 1924 fut marqué par l'expérience dadaïste. L'importance de l'apport

1. Association des Ecrivains et Artistes Révolutionnaires.

culturel du Sud-est de l'Europe fut remarquée. De nombreux intellectuels et artistes roumains tels Victor Brauner (peintre surréaliste), Benjamin Fondane (philosophe, poète) participèrent à sa création. Eli Lotar, Ion Vinea ou encore Ilarie Voronca rejoignirent le groupe ainsi que le sculpteur Constantin Brancuşi, qui garda cependant une certaine indépendance. Dans le même esprit, à Bucarest, Gherasim Luca, Gellu Naum, Paul Paŭn et Virgil Teodorescu fondèrent un éphémère groupe surréaliste roumain en 1939. Cependant, quelques années plus tard, il fut interdit par le Parti communiste local. En 1945, Paul Păun (de son vrai nom Zaharia Herşcovici, médecin, poète, illustrateur) poursuivit son idéal et devint l'un des principaux représentants du groupe surréaliste de Bucarest, ville qu'André Breton proclama *nouvelle capitale du surréalisme.*

Le *second manifeste* parut en 1930. Il resta surtout célèbre avec une phrase qui fit scandale et suivit Breton tout au long de son oeuvre : *L'acte surréaliste le plus simple consiste, revolvers aux poings, à descendre dans la rue et à tirer au hasard, tant qu'on peut, dans la foule.* Ce propos qui n'était en réalité qu'une fiction, qu'un énoncé purement provocateur, choqua l'opinion publique et déclencha de nombreuses critiques. Prôner la violence gratuite, sauvage, alors que le traumatisme de la Première Guerre mondiale était encore bien présent dans les esprits français, ne pouvait qu'entraîner le rejet.

L'Espagne

Lorsque la guerre civile éclata en 1936, Tristan Tzara rejoignit les Républicains et intégra l'*Association pour la défense de la culture espagnole*. Il se rendit plusieurs fois à Barcelone, à Valence et à Madrid, ville assiégée dès octobre. Il y rencontra les intellectuels espagnols et étrangers qui soutenaient la République. Les textes qu'il rédigeait alors résonnaient comme des incantations chargées de douleur, avec à l'horizon la certitude d'une victoire et la promesse de lendemains qui chantent... D'autres, comme *Sur le chemin des étoiles de mer* ou *Espagne 1936* dénonçaient l'assassinat de Federico Garcia Lorca, en août 1936 ou le bombardement de Guernica, en avril 1937. En tant que secrétaire du *Comité pour la défense de la culture espagnole* dès le début du conflit, il organisa le 2e Congrès international des écrivains à Madrid et à Valence d'où il prononça, le 10 juillet, un discours sur *L'individu et la conscience de l'écrivain*. En 1939, le recueil *Midis gagnés*, illustré par Matisse, vint affirmer la valeur active de la poésie, consciente, véritable interprète des troubles de l'époque.

L'engagement de Tzara fut sans faille, sur tous les fronts. Il s'associait à toutes les luttes portées par les écrivains espagnols durant le conflit. Plus que jamais impliqué dans le combat de la solidarité, il dut cependant entrer, pour sa sécurité, dans la clandestinité. A la fin de la guerre civile, épuisé, il rejoignit Paris où il poursuivit sans relâche son engagement. Il s'isola alors pour écrire, tout en restant fidèle à l'Espagne.

Le Sud-Ouest français

André Breton réussit à gagner New York en mars 1941, par la filière marseillaise organisée par Varian Fry. Ce journaliste américain, correspondant du journal *The living Age* fut envoyé à Marseille dans le but de faire évader les artistes, les intellectuels, les militants politiques de Gauche, les Juifs, les anti-nazis. Claude Lévi-Strauss, Max Ernst, Marc Chagall, Thomas Mann entre autres, bénéficièrent de l'aide de ce Juste. Tzara, lui, fit appel au compositeur américain Virgil Thomson afin d'obtenir une autorisation de sortie du territoire français. Mais il ne parvint pas à ses fins. Il fut donc contraint de rester en France et de se cacher.

Il quitta Paris en 1940. Arrêté en 1941, il s'échappa puis séjourna dans différentes villes du sud-est de la France dont Aix-en-Provence et Saint-Tropez. En 1942, recherché par la Gestapo, il se réfugia près de Souillac, dans le département du Lot. René Daumal, poète, écrivain, dramaturge - sans domicile fixe - l'accompagnait.

Attiré par la présence de quelques intellectuels sur place, il se rendait souvent au *Café de Paris*, allées de Verninac. L'établissement devint le lieu de rendez-vous des réfugiés en zone libre. Rapidement, il reprit contact avec le directeur de la revue *Le Point* (mensuel d'art et littérature depuis 1930), Pierre Betz et avec des artistes, des écrivains résistants du Lot, dont Jean Lurçat et J. de Marcenac, professeur de philosophie et poète engagé.

Tzara, entretenant des amitiés solides, voulut rester dans le Lot, malgré une présence allemande renforcée. Il dut donc vivre caché la plupart du temps. « La Wehrmacht était arrivée à Cahors le 11 novembre 1942, lors de l'occupation de la zone dite "libre", consécutive au débarquement allié en Afrique du Nord le 8. Une petite garnison allemande avait réquisitionné une vingtaine de chambres à l'Hôtel Terminus et chez l'habitant, à Cabessut, pour des officiers et des soldats. En novembre 1943, le Préfet du Lot donna ordre au maire de Cahors, de loger plusieurs officiers et sous-officiers ainsi qu'une quarantaine d'hommes. Au début de l'année 44, quatre cents hommes de la Wehrmacht, cinquante Feldgendarmes et vingt agents de la Gestapo étaient présents à Cahors ». *(Archives du musée de la Résistance, Cahors)*

Les contacts avec les intellectuels résistants étaient maintenus. Quand, en 1943, Aragon lança le *Comité National des Ecrivains* (CNE) pour la zone sud, Tzara en devint le délégué pour la région du Sud-ouest. Un groupe lotois du CNE, le *Centre des Intellectuels,* fut constitué par la suite. Les fidèles amis résistants de l'écrivain roumain en firent partie : Jean Lurçat (dit Jean Bruyères), Jean Marcenac (dit Walter), Jean Agamemnon et Léon Moussinac, futur directeur de l'IDHEC.

Une petite imprimerie clandestine se mit à fonctionner dans le hameau de Malbouyssou, proche de la commune de Latronquière, située à 35 km au nord de Figeac (Lot). De jour comme de nuit, on y imprimait de nombreux journaux et publications de la Résistance, notamment l'organe du CNE de la zone sud, *Les Etoiles*. Il était mentionné en dernière page que les numéros étaient mis sous presse « quelque part dans le Lot » et « sous la protection des unités des Francs Tireurs Partisans Français ». Lurçat, Jean de Marcenac et Marcel Abraham participaient, sous divers pseudonymes, à la publication de la revue.

Au sein de la Résistance littéraire clandestine, deux poèmes de Tzara, *Une route seul soleil* et *ça va*, circulèrent dans la plus grande discrétion. Ils parvinrent en juillet 1943 à René Tavernier, éditeur durant cette période, de la revue littéraire *Confluences,* basée à Lyon. (Le régime de Vichy l'avait suspendue durant quelques mois, en juillet 1942, suite à la parution du poème *Nymphée* d'Aragon). Tavernier contacta secrètement l'écrivain en vue d'obtenir un accord pour une publication. Ce fut sous le pseudonyme T. Tristan que les deux poèmes furent peu de temps après publiés. Ce surnom utilisé par Tzara était très explicite pour les lecteurs avertis qui restaient attentifs aux codes, aux symboles contenus dans les écrits. Les premières lettres du titre U*ne* R*oute* S*eul* S*oleil,* signaient ainsi un engagement pour l'URSS, fort signe d'espérance dans cette période troublée.

Après la guerre, le *Centre des Intellectuels* de Cahors reprit ses activités régulières en matière de publication. Il fit paraître entre autres manuscrits le recueil *ça va.*

Toulouse

Le « long silence » de Tzara pendant la guerre s'interrompit après la Libération. Il entreprit dès lors une foule d'activités. En août 44, il quitta définitivement Souillac pour Toulouse - centre de résistance très actif - tout en restant délégué de l'organisation clandestine, le CNE. La ville était connue pour ses penchants socialistes et radicaux. De nombreux réfugiés espagnols s'y étaient établis. Tzara fut nommé Chargé de mission au Service de la propagande. Mais il quitta rapidement cette fonction pour devenir vice-président du *Comité national des écrivains,* organe de la résistance littéraire, créé par le Parti communiste français, dont il fut le délégué pour le Sud-Ouest pendant la clandestinité. Son grand intérêt pour la langue d'oc l'amena à participer à différentes initiatives. Ainsi, il créa en 1945 *l'Institut d'études occitanes* (IEO), avec René Soula, Jean Cassou et Max Rouquette notamment.

Avec le philosophe Henri Lefebvre qui avait intégré Radio-Toulouse grâce à lui, il entreprit quelques travaux de recherche en lien avec le « marxisme critique ». Par ailleurs, sur les ondes de la radio toulousaine, il dirigeait l'*Émission littéraire de la Résistance* et animait la série radiophonique consacrée à la littérature du moment.

Durant la même période, Tzara devint président du *Centre des intellectuels.* Il y organisa différents événements culturels, notamment des expositions, des rencontres avec des écrivains de passage à Toulouse. Ce Centre publia de nombreux écrivains de la Résistance, dans la collection *La Bibliothèque française.*

Ainsi, le poète roumain participa à de multiples

activités en lien avec ses passions, lors de son séjour dans le Sud-Ouest. Il ne fut cependant jamais tenté de devenir un personnage officiel. Il s'est exprimé sur le sujet, à plusieurs reprises.

Après la guerre

Entre 1946 et 1950, Tzara publia les poèmes qu'il avait accumulés durant la guerre, dans de belles éditions (*Entre-temps* avec des dessins d'Henri Laurens, *Le Signe de vie,* avec Matisse, *Terre sur terre* illustré par Masson...). En janvier 1946, le poème dramatique en quatre actes *La Fuite,* mis en scène par Marcel Lupovici et présenté par Michel Leiris, fut joué au théâtre du Vieux-Colombier.

Tzara animait des conférences, dans les capitales de l'Europe orientale, notamment à Prague, à Budapest et également en Roumanie. En décembre 1946, il intervint sur le thème de « la dialectique de la poésie », à l'Institut français de Bucarest. L'année suivante, à Paris, lors d'une séance à la Sorbonne intitulée *Le Surréalisme et l'après-guerre*, Tzara rappela la véritable place de *Dada* et dénonça ce qu'il tenait pour la décadence du surréalisme. Il fut pris à partie par Breton.

Il participait également à la rédaction d'articles littéraires, en particulier aux *Lettres Françaises,* à *Europe* et au *Point* ; il n'y publiait pas seulement des poèmes mais aussi des études sur des compagnons disparus (Robert Desnos, Antonin Artaud, Paul Éluard) ou qu'il côtoyait encore (Pablo Picasso, Henri Matisse, Paul Reverdy, le jeune peintre Gruber). Il s'intéressait à James Ensor et à Henri Rousseau. Par ailleurs, il avait pris part à la publication de critiques d'œuvres concernant Rimbaud, Apollinaire et Tristan Corbière et s'était engagé dans l'analyse subtile des innombrables anagrammes cachées dans les vers de François Villon.

Tzara publia cinquante-quatre livres entre 1916 (date de parution de *La Première aventure céleste de M. Antipyrine*) et 1963, année de sa mort (dernière rédaction *: Lampisteries, précédées de Sept manifestes Dada*). Le rythme de ses publications fut assez régulier ; deux périodes lui ont été cependant moins favorables : les années 1920 et durant la seconde guerre mondiale. En 1960, son activité cessa définitivement du fait de sa santé déclinante et de la passion qu'il vouait à l'étude de l'œuvre de

Villon.

Tzara, " l'homme approximatif "

Peu enclin à la nostalgie, Tzara a pratiqué la langue française avec jubilation, sans connaître le sentiment de déracinement linguistique. Ce ne fut pas le cas pour certains de ses compatriotes. Ghérasim Luca, animateur, à la fin de la guerre, du groupe surréaliste roumain, fut incapable d'habiter intimement une langue étrangère qu'il tenta cependant d'exorciser à coup de lapsus, de jeux de mots. Tourmenté par son destin d'exilé, par la déterritorialisation, obsédé par l'idée d'une langue épurée proche de l'académisme, Luca réinventait continuellement un langage. Son « parler apatride » le conduisit à outrepasser les codes de sa langue d'adoption . Cet homme de nulle part, aventurier du langage, vécu comme un funambule avançant sur la corde raide, dans une sorte de « reterritorialisation continue ». Il se donna la mort en se jetant dans la Seine, comme son compatriote et ami, le poète Paul Celan, traducteur, considéré comme le plus grand poète de langue allemande depuis Rilke.

Tzara était-il écrivain roumain, français, ou

écrivain roumain, d'expression française ? Langue française et culture roumaine sont historiquement si étroitement imbriquées qu'elles ont fini par se confondre. De ce fait, la classification des auteurs est donc par nature impossible à établir. L'exil, les origines familiales, la personnalité hors norme, à multiples facettes ont profondément agi sur le parcours original de l'écrivain roumain. Il a emprunté de nombreuses voies, pour changer de peau, pour s'affranchir ; l'une d'entre elles fut celle de l'appropriation de la langue française.

Faut-il chercher chez Tzara une influence spécifiquement roumaine ? Oui, affirme l'essayiste Petre Raileanu, spécialiste du surréalisme roumain, qui décrit les deux versants de la littérature roumaine. L'un, résonne encore des lamentations du chœur de la tragédie grecque (Cioran) ; l'autre est tragi-comique, imprégné d'absurde, de dérision de déconstruction (Ionesco). « Cet Absurde roumain, qui remonte aux cosmogonies folkloriques, parcourt les grandes épopées burlesques du XVIIIe siècle, habite les personnages décalés de Caragiale, la férocité inouïe d'Eminescu et les fantasmagories ubuesques du pré-surréaliste Urmuz, serait à l'origine de l'ennui existentiel de Tzara. Il s'imaginait en ange noir du symbolisme triomphant ».[2]

Tristan Tzara était sous l'influence d'une double culture et donc de deux visions du monde. L'impact de l'exil sur sa création s'est manifesté notamment par une forme de révolte l'entraînant parfois à vivre le spirituel et l'absurde à la fois.

Ainsi, le Manifeste *Dada* est venu traduire une contestation assimilée à de l'absurde pur. Tous les écrivains roumains arrivés en France ont exprimé par la littérature, de manière semblable, la profonde moquerie, la tristesse de la condition humaine. La voix de cet écrivain venu d'ailleurs, tout comme celle de Benjamin Fondane (né à Iasi en 1898) apporta à la littérature française une nouvelle dimension, imprégnée du contexte culturel et des traditions du pays d'origine. L'acquisition de la langue française permit l'expression d'un anti-conformisme, d'une spontanéité qui caractérisaient bon nombre d'écrivains. Elle signa l'abandon d'une certaine forme d'emprisonnement, réel et/ou fictif pour parvenir à la déconstruction du quotidien, créant ainsi une originalité dans une vie considérée comme banale.

2. Catherine Dufour (Compte Rendu du colloque « Tristan Tzara, le surréalisme et l'internationale poétique ». 1999

Discret, Tzara s'enfermait le plus souvent dans sonappartement, rue de Lille, à Paris, au milieu de ses livres et de ses fétiches africains. Le 24 décembre 1963, il rendit son dernier souffle.

L'année suivante, parurent ses *Premiers poèmes* de l'époque roumaine. Assurément, cette publication signait encore la marque d'une nouvelle naissance.

PRESENCE CULTURELLE ROUMAINE

Pour faire un poème dadaïste

Prenez un journal.
Prenez les ciseaux.
Choisissez dans le journal un article ayant la longueur que vous compter donner à votre poème.
Découpez l'article.
Découpez ensuite avec soin chacun des mots qui forment cet article et mettez-les dans un sac.
Agitez doucement. Sortez ensuite chaque coupière l'une après l'autre.
Copiez consciencieusement dans l'ordre où elles ont quitté le sac. Le poème vous ressemblera.
Et vous voilà un écrivain infiniment original et d'une sensibilité charmante, encore qu'incomprise du vulgaire.

Ce texte montre parfaitement que la poésie *dada* se base sur le hasard et non sur un résultat voulu. Elle ne doit plus être esthétique. Pour cette raison, on modifiera la typographie, on inversera certains vers afin de renouveler la poésie, d'en ressortir une autre forme. C'est tout l'esprit dadaïste qui se retrouve dans ces caractéristiques.

Tzara, 1916

DANS LE SUD-OUEST FRANCAIS

Ressources bibliographiques

-Henri Béhar. *Tristan Tzara.* Oxus. Paris, 2005

-François Buot. *Tzara, l'homme qui inventa la révolution Dada.* Grasset. Paris, 2002

-Gérard Durozoi. *Histoire du mouvement surréaliste.* Hazan. Paris, 2004

-René Lacôte. *Tristan Tzara.* Seghers, Paris, 1966

-Nicole Manucu. *De Tristan Tzara à Ghéracim Luca.* Ed. Honoré Champion. Paris, 2014

-Michel Sanouillet. *Tzara à Paris.* CNRS Ed. 2005

PRESENCE CULTURELLE ROUMAINE

DANS LE SUD-OUEST FRANCAIS

AURELIE SOUBIRAN-GHICA

PRESENCE CULTURELLE ROUMAINE

DANS LE SUD-OUEST FRANCAIS

Des liens politiques mais également culturels se tissaient peu à peu durant la seconde moitié du XIXe siècle, entre la France et les deux provinces danubiennes, la Valachie et la Moldavie. Sur le plan politique, Napoléon III en personne était intervenu dans la construction de l'état-nation roumain. La France, dont l'influence dans ces régions était sensible dès le XVIIIe siècle, revenait alors en force sur la scène internationale, se posant ainsi en arbitre d'un nouvel équilibre européen, face à l'émergence de sentiments nationaux. Par ailleurs, des liens artistiques authentiques se créèrent également entre la France et la Roumanie dont le point d'orgue fut la participation d'artistes issus des principautés roumaines, à l'Exposition Universelle de 1867, à Paris.

Si les échanges franco-roumains se révélèrent plus profonds à cette période, ce fut principalement grâce à la francophilie de deux princes roumains : ainsi, Alexandru Ion Cuza, ayant effectué une partie de ses études à Paris, chercha à imiter le modèle français dans l'organisation des principautés. Quant au prince Carol Ier, qui devint roi en 1881, il séjourna également à plusieurs reprises en France et fut même invité, en 1863, par Napoléon III au palais de Compiègne. Des liens étroits perdurèrent entre ces deux hommes politiques.

La vie culturelle parisienne de cette époque était marquée par la présence de nombreux artistes roumains venus parfaire leur formation, tels Theodor Aman, futur fondateur de l'école des Beaux-arts de Bucarest, Nicolae Grigorescu, Tattarescu, Pop de Szathmari, ou le sculpteur Ioan Georgescu. D'autres passionnés s'illustrèrent à ce moment-là, en particulier le médecin Gheorghe Bellu (de Bellio), qui devint un précieux soutien pour Claude Monet à qui il acheta plusieurs toiles. Mécène des Impressionnistes, sa collection de premier ordre avait ainsi permis à Grigorescu de se confronter aux œuvres du peintre de Giverny, mais également à celles de Renoir, de Sisley et de bien d'autres encore.

Origines familiales d'Aurélie

La vie d'Henriette, Aurélie Soubiran, dite de Soubiran, née en mars 1820 à Caen, dans le Calvados et enterrée au cimetière Saint-Gervais de Lectoure (Gers), s'inscrivit peu à peu, sur cette toile de fond historique. Fille de Paul Emile Soubiran né en 1770 à Lectoure, son destin la lia très tôt à ce pays qu'on appela dès janvier 1859 la « petite » Roumanie (ce ne sera qu'en décembre 1918, sur les décombres de l'Autriche-Hongrie et de l'Empire ottoman, que naîtra la « grande » Roumanie, avec ses actuelles frontières). « Le père d'Aurélie, fils d'orfèvre, était un homme assez fantasque. De nature aventurière, ce Gascon eut une vie composée de voyages, de diverses filouteries, mensonges etc qui lui a donné la réputation, auprès de certains, d'avoir été un véritable escroc. Il possède cependant d'indéniables talents oratoires et s'adonne également à l'écriture. Fuyant Lectoure où la police le recherche, il partira s'installer en Normandie où il se remariera pour la troisième fois. Cette nouvelle épouse, Caroline Aimée Le Sueur de La Chapelle lui donnera trois enfants, dont Aurélie Henriette, née en mars 1820, à Caen. La plus sage de la fratrie semble avoir hérité de la passion des voyages de son père. Sa soeur, Hédelmone optera pour un autre style de vie ». [1]

Le 30 mai 1854, le Journal *Toulouse Politique et Littéraire* publia un article extrait du *Journal de Lot-et-Garonne,* qui évoquait la famille Soubiran : « La première chambre du tribunal civil de la Seine vient de s'occuper d'une affaire qui par le nom et l'origine de l'une des parties rentre directement dans notre chronique locale. Il s'agit de Mlle Hédelmone Soubiran, fille de M. Soubiran de Lectoure, dont les aventures singulières et la vie romanesque bien connues dans nos contrées, pourront défrayer quelque jour la plume de quelque émule de Cervantes et de Lesage. M. Soubiran est père de deux filles fort spirituelles et fort jolies. L'une, Melle Aurélie a épousé le grand prince Ghica, hospodar [2] valaque, l'autre consentant à de moins

1. Louis Puech. « Un aventurier gascon : Paul-Emile Soubiran ». Auch imprimerie Léonce Coucharaux, 1907.

2. Titre des Princes de Moldavie et de Valachie ; dans le catalogue de la BNF, elle est ainsi répertoriée : « Essayiste. - Épouse de G. Ghika, 4e fils de Grégoire Ghika, hospodar de Valachie ».

illustres destinées, reçut en 1853 la main de M. Privat, propriétaire de l'hôtel des Princes, à Paris... »

Ainsi, le contexte familial de la future *princesse,* lorsqu'il était décrit, passait rarement sous silence l'extravagance du père.

La vie parisienne. La rencontre du prince Grigore

Aurélie fréquentait à Paris, des artistes, des hommes de lettres au sein de salons littéraires réunissant mondains, amateurs de beaux-arts, écrivains et personnalités politiques. Ainsi, à l'âge de 20 ans, elle rencontra Honoré de Balzac, Alexandre Dumas et bien d'autres lettrés. Férue de littérature, elle s'orienta très tôt vers l'écriture et publia en 1841 *Nos étrennes*, chez l'éditeur toulousain, J. Dupin. Elle participa également à quelques pièces de théâtre. Dans la comédie en un acte, *L'une pour l'autre* de Prosper Poitevin, jouée au théâtre royal de l'Odéon, en janvier 1842, elle interpréta notamment le rôle de *Madame Bernard.*
        Dès 1841, elle commença à fréquenter le salon de Gavarni, célèbre dessinateur et lithographe - de

son vrai nom Sulpice Guillaume Chevalier - qui illustra, en autres, la Comédie Humaine de Balzac, la Dame aux camélias de Dumas, les contes fantastiques d'Hoffmann. Ce fut dans ce salon qu'elle fit la connaissance de Théodore de Banville, d'Edmond de Goncourt, de Gustave Doré et d'Alphonse Karr. « Au N° 1 de la rue Fontaine St Georges, Gavarni recevait ses amis. C'est Balzac qui avait introduit Aurélie dans ce salon. Elle ne tarda pas à trôner dans les soirées du samedi soir par la grâce de ses charmes et de son intelligence superbe ».[3] Balzac n'était pas qu'un écrivain. Il prédisait l'avenir également, à partir de la lecture des lignes de la main. Aurélie Soubiran, soucieuse de sa destinée devait consulter la célèbre cartomancienne, Mademoiselle Marie-Anne Lenormand. Mais ce fut finalement le grand romancier qui lui fit une consultation et lui prédit « qu'elle régnerait sur un peuple ». Nul ne savait encore que la Roumanie viendrait à son encontre, dans un futur proche.

Le *prince* Grigore Ghica (né en 1813) était à Paris pour accompagner sa mère malade lors de soins qui lui étaient prodigués. Elle s'était exilée depuis de

3. Alberic Second, in « L'Univers Illustré » (25 sept 1858).

nombreuses années en France. Son fils Grigore avait deux enfants, issus d'une union sans mariage légalisée avec Alexandrina Coressi : Lucia, dont le mari, le Marquis Jean-Baptiste de l'Aubespine Sully, deviendra Ministre de Monaco, à Bucarest, et Gheorghe. La famille Ghica (Ghyka ou Ghika) était l'une des plus grandes familles princières d'Europe, régnant sur la Moldavie et la Valachie durant deux siècles, depuis 1659. Elle avait administré neuf fois les pays roumains. Ce fut surtout durant le XIXe siècle que la présence de la famille Ghica sur la scène publique prit de l'importance. Grigore avait ainsi de bonnes chances de monter sur le trône des principautés réunies. Son père, le prince Grigore IV Ghica Voda (Hospodar, Prince roumain placé par le gouvernement ottoman de Valachie, de 1821 à 1828) avait eu dix enfants, dont six avec sa cousine, Maria Hangerli. Parmi eux figuraient Grigore et Dimitrie. Ce dernier devint Premier ministre de Roumanie, de 1868 à 1870. Le Voïvode [4] Grigore IV Ghica s'adapta aux impératifs de son époque. Il fut sensible aux idées de modernisation, en posant les bases d'un

---

4. Titre fut écarté en 1829Titre porté par les princes de Moldavie et de Valachie. Terme d'origine slave, comme son équivalent (à une autre époque) Hospodar (ce (traité d'Andrinople) au profit de Domnitor, qui perdura jusqu'en 1881 (proclamation du royaume de Roumanie).

processus de transformation de la société roumaine. Cependant, il dût abdiquer en 1828. Le palais Ghica-Tei, l'un des plus anciens bâtiments de Bucarest, fut construit sous son règne.

Aurélie fit la connaissance du *prince* en 1849 et peu de temps après, ils se marièrent. Ils vécurent rue Tronchet à Paris, durant dix ans, période qui semble-t-il fut très heureuse. Elle se passionnait pour l'histoire et la politique du pays de son mari. Elle absorbait avec exaltation les valeurs culturelles de ce pays d'adoption. Bien vite, elle en devint l'ambassadrice, notamment avec la rédaction d'ouvrages qui le valorisaient et qui invitaient le lecteur à le découvrir, à le connaître, à l'apprécier.

La famille Ghica

Une autre écrivaine, directement issue de la grande famille princière Ghica, était particulièrement renommée, à cette époque, en Roumanie. On ne peut passer sous silence cette personnalité hors du commun. Elena Ghica, de son nom d'épouse Duchesse Helena Koltsova-

Massalskaya, vit le jour en 1828 à Bucarest. Elle fut l'une des plus grandes auteures de l'Europe du sud-est du XIXe siècle, nièce de Grigore IV Ghica Voda.[5] Son père, Mihaï Ghica, homme politique important, sous le règne de ses deux frères (Grigore IV et Alexandru II), était un grand amateur de littérature, de peinture et d'archéologie. Il fut le fondateur du musée national de Bucarest. La mère d'Elena Ghica, Catinca Faca, est restée dans l'histoire de l'intelligentsia roumaine. Elle fut la première femme publiciste et traductrice.

Dora d'Istria était le nom de plume d'Elena Ghica. L'un des thèmes récurrents de son œuvre a été celui du sort des nations (de leur émancipation, de leur indépendance) notamment des Balkans, au sein d'un contexte historique marqué par le déclin de l'Empire ottoman, la guerre d'indépendance grecque (1821) et la révolution de 1848. La condition des femmes, l'émancipation et le changement essentiel des préjugés ont également été traités dans ses écrits. De même que l'institution du mariage, l'influence de l'église, en Orient comme en Occident.

Elena Ghica n'écrivait qu'en langue française. Le

5. Prince régnant de Valachie, père du mari d'Aurélie Ghica.

précepteur français Jean Alexandre Vaillant avait fondé à Bucarest, en 1830, un établissement scolaire pour les fils de bourgeois. Il commençait à répandre d'une manière organisée et rigoureuse le français en Roumanie. Elena Ghica fut l'une des ses élèves. En utilisant la langue française - qui était très répandue à cette époque en Europe - dans ses écrits, elle fit ainsi connaître sa nation au monde entier : *"... elle a eu l'heureuse inspiration de commencer à écrire dans une langue universelle comprise partout... ».*[6] L'auteure abordait des sujets variés, universels, concernant toutes les nations. Elle occupait une place importante dans un domaine où les intellectuels roumains étaient peu ou pas connus.

Plusieurs décennies plus tard, d'autres femmes engagées telles qu'Elena Vacarescu (1864-1947), Anna de Noailles (1876-1933) ou Martha Bibescu (1889-1973) eurent la même volonté de s'affirmer sur le plan européen. Elles rédigèrent leurs écrits également en langue française.

6. Radu Ionescu, poète et critique littéraire. 1861

DANS LE SUD-OUEST FRANCAIS

La société littéraire Junimea

Aurélie G. venait souvent à Bucarest. Elle séjournait dans le grand palais de la famille Ghica. Dans le salon d'honneur, elle côtoyait l'aristocratie roumaine toujours désireuse d'entendre la langue de Molière et d'être informée des trésors de sa culture. On était avide de connaître, - lors des réceptions ou à l'occasion de lectures d'ouvrages rédigés en français (*La Valachie moderne, Lettres d'un penseur des bords du Danube...*) par la *princesse* - l'avis d'une Française sur les comportements quotidiens, les manières de vivre, en Roumanie.

L'écrivaine fréquentait également les cercles littéraires de Iasi/Jassy [7] (ville au destin unique, au rayonnement national, véritable creuset de la création artistique et culturelle) où régnait une grande effervescence intellectuelle. Au cœur de ce haut lieu de la littérature, de la représentation dramaturgique et des arts, fut fondée la société littéraire *Junimea* (la Jeunesse) en 1863. Titu Maiorescu, philosophe, critique littéraire, politicien

7. Cf. (6) page 16. Capitale de la Roumanie durant la deuxième guerre mondiale, entre 1916 et 1918.

originaire de Craiova et un groupe de jeune intellectuel, dont le poète et philosophe Vasile, furent à l'initiative du projet. Ce cercle intellectuel souhaitait établir un véritable laboratoire roumain de littérature, de critique littéraire, de philosophie, d'histoire. Un mensuel fut édité à partir de mars 1867 : *Convorbiri Literare*. Mihai Eminescu (poète le plus célèbre de Roumanie), Ion Creanga et Ion Luca Caragiale, trois auteurs majeurs de la littérature roumaine, fréquentèrent assidûment *Junimea* et contribuèrent à la publication de la revue.

L'accident du prince

Le 23 septembre 1858, la vie d'Aurélie Ghica bascula. Son mari, Grigore, suite à l'emballement des chevaux de sa calèche dans Paris, perdit la vie. Quelques semaines auparavant, il avait été nommé magistrat puis député dans son pays. Cependant, il avait renoncé à occuper ces fonctions, préférant rester dans la capitale française. Ce choix lui fut quelque part fatal. Le quotidien *Le Constitutionnel* rapporta les faits ainsi : *"... Le prince Valaque G. Ghica demeurant rue Tronchet se promenait hier soir - le 23 septembre - aux Champs Elysées dans une victoire attelée de deux chevaux. Arrivés au rond-point, les chevaux se sont emportés. Sous les efforts du cocher pour le retenir, les rênes se sont rompus et la voiture a été renversée. Les chevaux, continuant leur course effrénée, ont traîné le véhicule pendant une cinquantaine de mètres, avant d'être arrêtés par le courageux dévouement d'un ouvrier qui s'était jeté aux naseaux de l'un d'eux. Le Prince, enveloppé dans le tablier de la voiture, a été relevé mourant ; il a été immédiatement transporté chez lui où il a expiré quelques heures après ...Le cocher, sujet valaque, a été grièvement blessé ; toutefois, sa vie n'est pas en danger... ".*

Un autre journal, *Le Siècle*, évoqua à son tour l'accident, en ces termes : *"... la femme et la mère du prince valaque se promenaient avec lui, peu avant l'accident. Mais se rappelant qu'elles avaient à faire quelques emplettes, elles descendirent de la voiture quelques minutes avant l'événement et étaient montées dans une voiture publique ... Le Prince, enveloppé dans le tablier de la voiture, a été relevé mourant ; il a été immédiatement transporté chez lui où il a expiré quelques heures après... Le cocher, sujet valaque, a été grièvement blessé ; toutefois, sa vie n'est pas en danger... Le Prince Ghica qui vient de mourir si cruellement n'était par comme on l'a dit, le frère du Prince Grégoire Ghica, dernier hospodar de Moldavie, lequel s'était tué une année auparavant à son château de Mée, près de Melun. Ces deux princes étaient cousins. Une prédestination funeste semble peser sur certaines familles... ».* (Extrait de l'ouvrage d'Henri Sales)

Après le décès de son mari, Aurélie Ghica retourna en Roumanie. Elle restait proche par le cœur de ce pays, de ces gens qui assuraient maintenant le pouvoir depuis l'union de 1859. Elle séjournait à Bucarest en qualité de dame de compagnie, auprès de la princesse consort, Elena Cuza Rosetti. Son mari, Alexandru Ioan Cuza était devenu souverain des principautés. Avec l'aide de Mihail Kogalniceanu - ancien chef intellectuel de la Révolution de 1848 en Roumanie - devenu Premier ministre, il souhaitait moderniser la société et les structures du nouvel Etat. Ainsi, il engagea une série de réformes importantes notamment en faveur des paysans afin de les libérer des dernières corvées féodales. Le pays lui doit l'instauration en 1864 d'un nouveau code pénal incluant l'abolition de la peine de mort et d'un nouveau code civil.

La *princesse* Aurélie (le titre de *prince* que son mari avait utilisé hors de son pays n'avait en fait aucune légitimité ; Grigore était beyzade, c'est-à-dire fils de prince) continua de fréquenter les cercles et salons littéraires bucarestois. Elle y organisait des rencontres avec des écrivains notamment avec Ion Ghica (Premier ministre), son cousin par alliance, Vasile Alecsandri, poète, dramaturge, directeur du théâtre national de la ville de Iasi. Concernant l'héritage, les événements furent moins plaisants pour elle. En effet, la famille Ghica réagit avec fermeté, à la suite du décès du *Prince* Grigore. Son but était de ne pas se laisser déposséder d'une partie du patrimoine familial au profit de la veuve. Ainsi, la *princesse*, bien que légalement mariée, fut dans l'obligation d'accepter une rente annuelle de 25 000 francs qui vint compenser le renoncement définitif à sa part légitime de l'héritage. Son retour définitif en France se dessinait.

Présence(s) roumaine(s) dans le Sud-Ouest

En 1866, elle rejoignit le Sud-Ouest français. Son frère, Jean Baptiste, lui avait légué, en 1849, le domaine de Cassagnau, près de Lectoure. Elle ne l'occupa pas, préférant dans un premier temps loger dans un appartement en ville. Ainsi, elle vint habiter au centre, dans une maison proche de la tour d'Albinhac, au 29 de la rue Nationale.

Le changement radical de vie auquel l'écrivaine dut faire face s'avéra difficile. Son retour coïncida avec l'année de l'abdication d'Alexandru Ioan Cuza. Les réunions mondaines bucarestoises, avec toute leur splendeur, disparaissaient à jamais. Cependant, Aurélie resta fidèle à toutes ses amitiés passées. Son « art d'entretenir les relations avec les gens illustres et le plaisir de correspondre avec les amis de sa jeunesse attiraient à sa résidence de Lectoure de nombreux Français et Roumains. Le poète Vasile Alecsandri[8], les princes A. Ioan Cuza et Ion Ghica, personnalités illustres de la vie intellectuelle et politique, lui rendirent visite ». *(M. Cojocaru)*

Lectoure

Installée dans le pays paternel, la *princesse* tenta de multiplier les réceptions afin de s'entourer comme elle le fut en Roumanie. Mais son arrivée suscita un intérêt mitigé parmi la bonne société locale, qui n'avait sans doute pas oublié les frasques de son père, Paul E. Soubiran, et qui ne vit en elle qu'une sorte de demi-mondaine parvenue. Voici quelques lignes de l'article rédigé par Me Henri Sales, dans la revue de la *Société archéologique du Gers* : « Nous sommes à Lectoure, petite sous-préfecture du département du Gers, environ un ou deux ans avant la guerre de 1870. Une dame en crinoline avait entrepris de faire la tournée des membres de ce qu'on appelait à Lectoure -*La Société*-. Elle faisait passer sa carte délicatement ou se faisait annoncer par ces mots : Princesse Ghica. Mais ce sésame ne suffisait pas à prendre en considération sa personne. Les maîtresses de maison possédant un salon convenable n'osaient pas la recevoir. Mais il y avait aussi la curiosité. Ainsi, pour les gens bien, cette prétendue *Princesse* au nom balkanique ne devait être ni plus ni moins qu'une intrigante, c'est-à-dire une femme chargée des sept péchés capitaux ».

8. Cet important poète avait parcouru la Moldavie pour faire du collectage des traditions populaires et du folklore roumain, travail qui fut publié en 1852 et 1853. Le contenu de cette œuvre monumentale, les poèmes en particulier, jettèrent les bases d'une conscience nationale roumaine en émergence. La *Miorita*, poème pastoral par la suite traduit par Jules Michelet, reste l'un des grands mythes roumains. L'attitude des Roumains, face au destin (mélange de résignation et de soif de vivre) semble se lire à travers ses lignes. V. Alecsandri publia à Paris, en 1835, en outre un volume de poésie originale, *Doine şi Lăcrămioare*, qui consacra sa réputation.

Cultivant l'empathie, Aurélie Ghica parvenait progressivement à abaisser les barrières qui la séparaient de la bourgeoise locale. Mais le souvenir de ce père baroudeur ne facilitait pas son intégration. En effet, celui qui avait épousé Marie Charlotte Dubouzet, fille d'un cultivateur condomois, puis qui avait disparu quelques temps pour ensuite se remarier, en troisième noce avec la future mère d'Aurélie en Normandie, avait marqué les esprits. Pour les Lectourois, Aurélie n'était que la fille de ce *Soubiran*, qui avait laissé une piètre réputation « de provocateur, d'escroc, d'espion ».[9] Pour d'autres, elle fut hâtivement assimilée à une ancienne courtisane. Louis Puech professeur à l'école normale d'Auch, qui consacra toute une étude à L. Soubiran, le définit ainsi : «...un Gascon, qui apparaît comme un autre Casanova, aussi dénué de scrupules que ce dernier et habile ».

Cependant, avec le temps et l'évolution de la société bourgeoise lectouroise, « Aurélie Ghica put démontrer qu'elle savait recevoir avec luxe et distinction. Enfin, on se pressait chez elle, certes moins conquis par sa littérature que par l'écriture

9. Raymond Nart. (cf. bibliographie)

exquise et originale de ses billets d'invitation et par la qualité...de sa cuisinière ».[10] L'écriture occupait une place importante dans sa vie quotidienne. Elle correspondait fréquemment avec ses amis roumains et rédigeait pour elle-même. Son activité littéraire très intense et variée, était orientée en outre vers la rédaction de récits historiques ou politiques. Les archives gersoises et roumaines ont conservé une trace de ses échanges épistolaires. La Bibliothèque de l'Académie roumaine, à Bucarest dispose de lettres privées de l'écrivaine, destinées à des princes et autres hommes politiques roumains importants.

En 1866, elle publia *La Duchesse Cerni,* roman épistolaire (ayant pour héroïne une Française dans la société roumaine) qui prit toutes les apparences d'une véritable autobiographie. L'ouvrage, empreint de nostalgie, confirmait une réelle bienveillance envers les Roumains. « Cerni est un mot conservé dans la langue roumaine en provenance du slave et désigne la couleur noire ; par extension il signifie douleur, larme, souffrance. Le nom de la Duchesse, Cerni, symbolise la tristesse d'une femme qui constate avec effroi l'échec de sa vie personnelle,

10. M. Cojocaru (Cf. bilbliographie)

intime».[11]

La vie à Lectoure ne fut jamais vraiment agréable pour A. Ghica. Critiques et insultes se multipliaient. On lui reprochait une sorte de vanité, de suffisance qui s'accordait mal avec la mentalité locale. Elle correspondait souvent avec son amie Valérie Barailhé [12], soeur du grand lettré Léonce Cazaubon. En 1891, elle écrivit ces lignes : « La jalousie de l'envie me font expier ici mes grands succès de Paris et de là-bas où tout m'appelle. Je ne sais ce que je ferai.(...) Le drame de ma vie s'est accompli dans le secret de mon âme et celle-ci que je sens vivante saura bien retrouver ceux qu'elle a aimés ». La même année, elle publia anonymement un recueil d'aphorismes intitulé *Les pensées de la solitude* (préfacé par son ami Alexandre Dumas fils), en lien avec sa propre vie.

Ses derniers billets, datés de 1899, attestent du rude quotidien de l'écrivaine. La *princesse* Ghica mourut le 21 février 1904. Elle est enterrée à Lectoure, au cimetière Saint Gervais.

11. M. Cojocaru (Cf. bilbliographie)

« En son temps les élites intellectuelles roumaines pratiquaient le français et les écrits d'Aurélie Ghica n'avaient pas été traduits en roumain »[13]. Les signes de sa présence en Roumanie sont donc relativement discrets. Son œuvre est passée inaperçue pendant longtemps, surtout dans son pays natal. Elle semble maintenant reconnue, notamment sur le territoire roumain. Le fait d'avoir été identifiée à une époque - celle du monde parvenu de l'aristocratie - qui ne demandait qu'à être oubliée par une nouvelle Roumanie devenue plus ouverte, ne pouvait que la précipiter dans la relégation.

12. Lettre adressée en septembre 1888 (citée par H. Sales) à Madame Valérie Barailhé, à Berrac : La visite de mon filleul et de sa charmante femme m'ont fait laissé sous bande revueset journaux. Rendue à

ma solitude, je reprends mes lectures. Votre frère, ma chère Valérie, est un travailleur et un érudit qui a un tempérament littéraire très remarquable et qui faisant l'éloge de Vasile Alecsandri m'a singulièrement touchée. C'est un de mes amis, amené chez moi par un plus cher encore, le Prince Ioan Cuza. Que de causeries à nous trois dont le souvenir est une douleur maintenant ! C'est ce Prince Cuza qui a fait l'union des deux Provinces qui sont aujourd'hui la Roumanie et obtenu son indépendance. La loi rurale est son oeuvre et ce grand patriote savait qu'en la faisant il risquait sa couronne, car il ruinait à moitié la noblesse qui ne devait le lui pardonner. Le Roi Charles est brave et honnête, mais l'action civilisatrice avait reçu son impulsion bien avant sa venue, des Princes indigènes. Je ne pense qu'un Allemand puisse s'imprégner du génie d'un peuple d'origine latine pour activer son développement dans le sens qui lui est propre. Les natures sont très différentes. Lui peut-être, et il est un très bon suzerain dans le domaine des choses pratiques; mais pour pénétrer dans la foi intérieure de l'esprit d'une nation, percevoir son idéal qui est en quelque sorte son âme visible, il faut être sorti de son sein ou avoir avec elle un long passé de vie et surtout de communes douleurs. Elle est entre les êtres comme une incarnation. La Roumanie trop convoitée a traversé de rudes épreuves, elle subit la fatalité attachée à sa beauté..."

13. M. Cojocaru (Cf. bibliographie)

DANS LE SUD-OUEST FRANCAIS

Ressources bibliographiques

-Henri Sales. *Etudes préliminaires sur la Princesse Ghica*. BSAG. Auch 1967

-Mihaela Cojocaru. *Les interférences franco-roumaines autour de 1850*. BSAG. Auch 2000

-Revistă Steaua. *Les méditations de la Princesse Aurélie Ghica sur les Roumains*. Cluj-Napoca 1998

-d'Istria Dora. *Editie îngrijita de Gr. Peretz, 2 volumes : I, Studiu despre Tările Române si II, Femeile în Orient si Occident*. Bucuresti 1873

-*Deux siècles d'histoire de Lectoure (1780-1980)*. Ouvrage collectif Syndicat d'initiatives de Lectoure. Lectoure 1981

-Mary Larrieu-Duler. *La vie mondaine à Lectoure au XIXe*. BSAG. Auch 1980

-Raymond Nart. *Soubiran, escroc au renseignement sous Napoléon*. Ed. Nouveau Monde. 2013

-Elena Ghica. *Des femmes par une femme*. Librairie internationale. Paris 1865

PRESENCE CULTURELLE ROUMAINE

Ouvrages principaux publiés

.*Nos étrennes,* Toulouse 1841
.*Virginie,* Paris 1845
.*Paris le matin*, notice dans les *Œuvres choisies de Gavarni,* Paris, 1847
.*Marguerite et Jeanne*, Paris 1848
.*Le petit livre des femmes*, Paris 1848
.*La Valachie moderne*, Paris 1850
.*Lettres d'un penseur des bords du Danube,* Paris 1852
.*La Valachie devant l'Europe*, Paris 1858
.*La duchesse de Cerni*, Paris, 1866
.*Le carême à Saint-Gervais de Lectoure* 1877
.*Le Prince Napoléon,* Lectoure *1891*
.*Les pensées de la solitude*, Paris 1891
.*À mes compatriotes*, Lectoure 1896
.*Orgueil patriotique*, Lectoure 1897
.*Le roi Milan,* Lectoure 1901
.*Le roi Charles de Roumanie,* Lectoure 1901

DANS LE SUD-OUEST FRANCAIS

EPILOGUE

PRESENCE CULTURELLE ROUMAINE

DANS LE SUD-OUEST FRANCAIS

La présence roumaine en France a permis un enrichissement singulier de la culture française. L'apport des artistes et des écrivains auxquels il faut ajouter d'autres personnalités issues de diverses branches est impressionnant. La maîtrise de la langue française non seulement parlée, mais souvent valorisée directement par des écrits de grande qualité, est un des éléments qui a contribué à enrichir le patrimoine culturel français. Il y aurait matière à étudier de près la contribution de médecins, de chercheurs ou d'ouvriers roumains, à la vie intellectuelle, sociale et professionnelle en France. Les Roumains ont toujours montré une exceptionnelle capacité à s'intégrer d'une manière créatrice dans la société française. Dans le domaine littéraire et artistique, Constantin Brâncusi, Mircea Eliade, Eugène Ionesco, Emil Cioran, Paul Celan, Benjamin Fondane, Virgil Tanase, Panait Istrati sont des exemples bien connus. Plus proche de nous, le philologue Mircea Goga et d'autres encore.

Nicolae Grigorescu et Tristan Tzara contribuèrent eux aussi, de manière singulière, à l'enrichissement, à la promotion, à la valorisation des deux cultures, permettant la consolidation des liens solides qui existent entre ces pays aux racines linguistiques communes. Ces nombreux Roumains expatriés, qui connurent pour la plupart l'exil, ont laissé une forte empreinte culturelle, localement ou de manière plus vaste. Des Français ont également diffusé et valorisé des aspects culturels spécifiques du territoire roumain, souvent par la voie littéraire : Aurélie Soubiran-Ghica, Auguste-Louis-Charles de La Garde de Chambonas, Paul Morand, Pierre Loti, A. de Lamartine, Gérard de Nerval, Jules Verne, Henri Jacquier... Certains d'entre eux firent le voyage jusqu'en Roumanie, afin d'approcher au plus près la francophonie mais également l'âme latine du pays. Ch. Drouhet qui fut titulaire de la chaire de littérature française à l'université de Bucarest en 1920, écrivit dans *La culture française en Roumanie*

DANS LE SUD-OUEST FRANCAIS

: *«S'il existe un pays où le voyageur français ne se sent pas dépaysé, c'est bien la Roumanie».* [1]

Ainsi, de nombreux artistes et écrivains roumains choisirent la France comme pays d'adoption et la langue française comme moyen d'expression de leur talent. Son utilisation a sans cesse enrichi la pensée et la culture françaises. La double appartenance culturelle de ces Roumains expatriés a créé ainsi un authentique pont entre les deux civilisations. Le bénéfice a été indéniable pour les deux cultures qui ont bénéficié d'une sorte de fertilisation croisée.

« Tous ceux qui sont partis de Roumanie et sont devenus célèbres à Paris ont validé la qualité de leurs lieux de naissance. Ils sont devenus les porteurs d'un message spirituel. L'exil parisien n'annule pas l'identité, il n'est pas corrompant, tout au contraire : il offre à l'identité roumaine une auréole de noblesse (…). Ils ont créé des moments plus durables que le bronze». [2]

« Latine mais orthodoxe, donc toujours un peu à

1. La Minerve française. Paris. 1920.

part au sein de ses coreligionnaires grecs, russes ou bulgares comme de ses co-locuteurs français ou italiens, la Roumanie demeure un éternel entre-deux. Mais jusqu'à présent, cette diversité culturelle ne lui a pas permis de surmonter ses nombreux handicaps structurels. Une meilleure connaissance de ces «cousins d'Orient» ne pourra qu'être un atout pour des Français ».[3]

La trace d'une présence culturelle roumaine dans le Sud-Ouest français lors des deux derniers siècles confirme l'attachement des Roumains à la France et souligne l'intérêt porté par les Français à la culture roumaine. L'évocation de cette présence permet de de valoriser une autre culture riche en diversités, d'apprécier ses singulières composantes créatives - véritables témoignages culturels et artistiques d'une nation.

2. Cornel Ungureanu, écrivain, historien, universitaire à Timisoara. 2004

3. Jean-Noël Grandhomme. La Roumanie. Ed. Soteca. 2009

TABLE

Editeur

Books on Demand GmbH

12/14 Rond-Point des Champs Elysées

75008 Paris, France

Impression :

Books on Demand GmbH, Norderstedt

Allemagne

www.bod.fr

ISBN : 9782322085705

jlnetter@yahoo.fr